中华传统诗词经典

黄鹤楼

昔人已乘黄鹤去，此地空余黄鹤楼。

黄鹤一去不复返，白云千载空悠悠。

晴川历历汉阳树，芳草萋萋鹦鹉洲。

日暮乡关何处是，烟波江上使人愁。

千家诗 新编

袁行霈 主编

中华书局

## 图书在版编目（CIP）数据

千家诗：新编/袁行霈主编.—北京：中华书局，2014.1
(2016.1重印)
（中华传统诗词经典）
ISBN 978－7－101－09776－4

Ⅰ.千… Ⅱ.袁… Ⅲ.①古典诗歌－诗集－中国
②《千家诗》－注释 Ⅳ.I222.72

中国版本图书馆 CIP 数据核字（2013）第 249647 号

---

| | |
|---|---|
| 书　　名 | 千家诗(新编) |
| 主　　编 | 袁行霈 |
| 丛 书 名 | 中华传统诗词经典 |
| 责任编辑 | 包　岩 |
| 出版发行 | 中华书局 |
| | （北京市丰台区太平桥西里38号　100073） |
| | http://www.zhbc.com.cn |
| | E-mail:zhbc@zhbc.com.cn |
| 印　　刷 | 北京瑞古冠中印刷厂 |
| 版　　次 | 2014 年 1 月北京第 1 版 |
| | 2016 年 1 月北京第 2 次印刷 |
| 规　　格 | 开本/787×1092 毫米　1/32 |
| | 印张6¼　插页2　字数110千字 |
| 印　　数 | 10001－13000 册 |
| 国际书号 | ISBN 978－7－101－09776－4 |
| 定　　价 | 18.00 元 |

# 出版说明

中国是一个诗的国度，而诗词是人类心灵的形象展现，尤其是古典诗词，她所具有的深厚的韵味和音乐性的特点，使其成为中国传统文学中最具魅力的表现形式之一。

时至今日，诗词依然具有旺盛的生命力，拥有着广大的爱好者，人们心中那些幽微的情意仍要借诗词来传达。中华书局历来以传承中国传统文化为己任，出版了大量优秀的古代文学作品。近期，由中华书局发起，联合光明日报社、中央电视台、中华诗词研究院、中华诗词学会、中国移动通信集团，共同举办了"诗词中国"传统诗词创作大赛文化公益活动，得到了广大读者的热烈响应，人们积极创作投稿，掀起了一场古典诗词创作的热潮。随着活动的展开，我们认为有必要为人们提供一套兼具学术性与可读性的诗词读本，以方便读者的创作与欣赏。

朱光潜先生说："学文学第一件要事是多玩索名家作品，其次是自己多练习写作，如此才能亲自尝出甘苦，逐渐养成一种纯正的趣味，学得一副文学家体验人情物态的眼光和同情。到了这步，文学的修养就大体算成功了。"这番话可谓是前辈大师的经验之谈，我们学习、欣赏和写作古典诗词，也应从"玩索名家作品"入手，有鉴于此，我们编选了这套"中华传统诗词经典"丛书，并作为参加"诗词中国"传统诗词创作大赛的学习参考书。

丛书内容大致可分为三类：一、关于如何写诗赏诗的理论著作。包括《诗词格律》、《诗词写作常识》、《怎样赏诗》、《怎样用韵》、《人间词话》等；二、最具代表性和普及性的诗词总集。如《诗经》、《楚辞》、《唐诗三百首》、《宋词三百首》等；三、历代名家名作。如李白、杜甫、白居易、李商隐、苏轼、辛弃疾、李清照、柳永、纳兰性德等人的作品。

具体到每一本书，我们的做法是：一、精选作家作品。入选的作家一般为诗词领域领一代风骚的人物，入选的作品以传诵程度为首要标准，且兼具思想性与艺术性；二、引导扩展阅读。作家的选集中附一到两篇评论文章，帮助读者多维度了解相关作家作品；三、选用权威版本校勘整理。基本体例为正文、注释、评析三部分，各书根据内容的不同略有变化。为便于阅读，一般不出校记，注释力求准确简洁，评析旨在帮助读者领会诗词的意境及妙处。

丛书采用双色印刷，小 32 开本，只手可握，以便读者可以随时随地徜徉于诗词的海洋，尽情享受诗词的华美情愫。

中华书局编辑部
二〇一三年八月

# 目 录

Qianjia Shi

## 七言绝句

## 五言律诗

七言律诗

# 前　言

袁行霈

　　中国是一个诗的国度，诗的历史源远流长，在社会生活中发挥着重要的作用。早在先秦时代，孔子就说过："不学诗，无以言。"唐代开始以诗取士，读诗作诗更成为儿童必修的内容。适应这种需要，早已出现了诗歌的启蒙读物。宋代刘克庄曾编过一部《分门纂类唐宋时贤千家诗选》二十二卷，选录唐宋诗人五百六十五家的作品一千二百八十一首，影响较大。但是其中多有错谬，又往往把律诗截去半首改作绝句，再加上篇幅浩繁，不便于儿童学习。此书流传到明清，坊间又刻有多种《千家诗》，沿用其书名，而重新加以编排，篇幅也减少了许多。其中流传最广的是明清之间王相的选注本，此书共选录诗歌二百二十三首，按七言绝句、七言律诗、五言绝句、五言律诗的顺序编排，每种体裁之下再按春夏秋冬四季为序，除唐宋诗人外，增补了明朝的个别作品。王相选注本《千家诗》虽有通俗易懂、便于记诵的优点，但毕竟是适应当时的需要而编选的，其中很多内容已不适合今天的读者，编排方法也有局限。

　　为了弘扬祖国优秀的传统文化，对少年儿童进行爱国主义教育，培养他们高尚的道德情操和审美趣味，启迪他们的人生智慧，我们编选了这部书，取名《千家诗（新编）》。我们保存原来流行本《千家诗》的优点，而又力求有一种新的适应我们这个时代的面貌。我们注意选取那些寓意深刻、情调健康、意境开阔、形象鲜明、脍炙人口的作品。选诗的范围仍以唐宋两代的近体诗为主，但又不限于此。从时代上讲，增加了汉魏六朝以及元明清直到近代的作品；从体裁上讲，增加了五七言古诗。所选诗歌共一百五十二首，为了便于儿童由浅入深地诵习，按五言绝句、七言绝句、五言律诗、七言律诗、五言古诗、七言古诗这种顺序编排，同一体裁下则按诗人时代先后排列。注释力求简明，包括作者简介、题解、字词典故的解释。

《千家诗（新编）》是一本十分通俗的启蒙读物，但我们并不因此而采取轻率的态度。相反地，正因为面向广大的读者，我们感到责任格外重大。在走向现代化的进程中，我们希望大众从古典诗词中多吸取一些营养，亦希望少年儿童能得益于此，成长得更加茁壮；而不要断了祖国传统文化的奶汁，忘了自己赖以生存的根。我曾向欣然与我合作的朋友们说："这是一件积德的事。"正是基于这种考虑，我们暂时放下自己的学术研究，热情地投入了这项工作。《千家诗（新编）》即将付梓，谨借此文聊表我们的心情。如果这本小书能得到大众的喜爱，我们将深感欣慰！

一九九九年三月原序
二〇一三年十月修订

# 五言绝句

## 登鹳雀楼

王之涣

白日依山尽<sup>①</sup>，黄河入海流<sup>②</sup>。
欲穷千里目<sup>③</sup>，更上一层楼。

**【作者简介】**

　　王之涣（688—742），唐代诗人。他的诗多以边塞生活为题材，很适合歌唱，在当时广泛流行，可惜现在只保存了六首绝句。

**【题解】**

　　鹳雀楼的旧址在今山西永济西南城上，三层，因楼上常有鹳雀栖息，所以叫鹳雀楼。鹳雀楼面对中条山，下临黄河。诗人登上鹳雀楼，看到太阳傍山而落，黄河流向大海。这宏伟的景象吸引着他，他想看得更远更远，便再登上一层。这首诗本来是写登楼的过程，但包含了登高才能望远的道理。

**【注释】**

①依：依傍。依山，给人以白日与山紧紧挨在一起的感觉。从"依山"到"尽"，有一个过程，诗人写出日落的动态，也可以想见他已目送落日多时了。

②入海流：包含着诗人的想象，从鹳雀楼是看不到海的。　③穷：尽。千里：表示很远的地方。

# 春　晓

## 孟浩然

春眠不觉晓①，处处闻啼鸟②。
夜来风雨声，花落知多少！

**【作者简介】**

孟浩然（689—740），唐代诗人。他的作品以五言诗居多，主要是写他的田园生活以及漫游的见闻和感想，在山水田园景色的描写中寄托了自己的性情，风格清而淡。

**【题解】**

一个春天的早晨，诗人睡醒时，记起夜里的风雨声，心想不知落了多少花啊，惋惜之情溢于言表。第一句五个字道出人们常有的体验。二、三句写现在的声和回忆中的声，鸟声与风雨声有对比之妙。第四句透露出惜花之情，耐人寻味。

**【注释】**

①不觉晓：不知不觉天已经亮了。　②处处闻啼鸟：热闹的鸟叫声响成一片，读者由此可以想象夜里的风雨这时已经停了。

# 长干曲其一

崔　颢

君家何处住①？妾住在横塘②。
停船暂借问③，或恐是同乡。

**【作者简介】**

崔颢（？—754），唐代诗人。早年的诗艳丽轻薄，后来的边塞生活使他的诗风变得豪迈。

**【题解】**

　　长干，里巷名，故址在今江苏南京南。崔颢的《长干曲》一共四首，这里选的是第一首和第二首。这两首是行舟在长江上的两个人的问答，第一首是女子的口吻，第二首是男子的口吻。他们从小就在长江上漂泊，很想找到自己的同乡，互相询问着，应答着。

**【注释】**

　　①君：对人的尊称。　②妾：古代妇女对自己的谦卑之称。横塘：古代的堤名，也是百姓聚居的地方，在今江苏南京。"妾住在横塘"这一句，不等对方提问，先作自我介绍。其急于与对方相识的心情不言自明。③借问：敬辞，用于向人打听事情。

# 长干曲其二

### 崔　颢

家临九江水①，来去九江侧②。

同是长干人，自小不相识③。

**【注释】**

①临：靠近。九江：古人说长江中游有九条支流，这里用九江泛指长江中游。 ②侧：旁边。 ③自小不相识：揣摩这句诗的意思，有点纳闷；也有相见恨晚的意味。

# 鸟鸣涧

### 王　维

人闲桂花落①，夜静春山空。
月出惊山鸟，时鸣春涧中。

**【作者简介】**

王维（701—761），唐代诗人和画家。他的诗内容广泛，山水诗尤其著名。他善于捕捉和表现大自然的美，诗中有画，画中有诗。

**【题解】**

　　鸟鸣涧，是王维的一位友人居住的地方，风景幽静。月亮出来，竟然惊动了鸟儿，它们时不时地叫着，更衬出山涧的寂静。

**【注释】**

　　①闲：安静，这里着重表现自己的心境。"人闲"和"桂花落"似乎不相关联，中间也没有介词或连词，主观的心境与客观的物象互相映衬，统一在同一种意趣之中。

# 杂诗其二

### 王　维

君自故乡来，应知故乡事。
来日绮窗前①，寒梅著花未②？

**【题解】**

　　这组《杂诗》共三首，这是第二首。向来自故乡的人打听一个细节，表现了思念故乡的感情。别的不问，惟问梅花，平淡中寓有深情。

**【注释】**

　　①来日：来的那一天。绮窗：雕刻花纹的窗子。
②著花：长出花蕾或花朵。未：用在句末，表示询问。


# 相 思

### 王 维


红豆生南国①，秋来发几枝②。
愿君多采撷③，此物最相思。


**【题解】**

　　红豆，又叫相思子。诗人从红豆的别名产生出诗
的联想，劝人们多采红豆，也就是劝人们珍重爱情。
全诗以"红豆"始，以"相思"结，中间穿插一句劝说，
给读者留下无限的想象余地。


**【注释】**

　　①红豆：红豆树、海红豆及相思子等植物种子的

统称。朱红色，古人常用以象征爱情或相思。南国：
指我国南方。　　②秋：一作"春"。　　③君：您。
撷：摘下、取下。

# 静夜思

李　白

床前明月光，疑是地上霜[①]。
举头望明月，低头思故乡。

## 【作者简介】

李白（701—762），唐代诗人。有"诗仙"之称。
他的诗歌表现了反抗权贵、冲破束缚、追求自由的精
神，以及理想不能实现的苦闷。诗歌气象宏伟，想象
奇特，语言自然而又巧妙。

## 【题解】

李白喜欢皎洁的月亮，诗里不止一次写到故乡的
月亮。在一个寂静的夜晚，他望见明月，又思念起故
乡来了。

**【注释】**

①疑：好像。

# 秋浦歌其十五

李　白

白发三千丈，缘愁似个长①。
不知明镜里②，何处得秋霜③。

**【题解】**

秋浦，县名，在今安徽贵池西南，那里有条秋浦河。《秋浦歌》共十七首，这是第十五首。这首诗用夸张的手法表达了自己的忧愁。

**【注释】**

①缘：因为。个：这样。　②明镜：明亮的镜子，也可以指秋浦明亮的河水。　③何处得秋霜：用秋霜形容自己的白发。诗人看到明镜里满是如霜的白发，便惊奇地问道：明镜里哪来这么多秋霜呢？

# 独坐敬亭山

李 白

众鸟高飞尽，孤云独去闲①。
相看两不厌，只有敬亭山②。

**【题解】**

　　敬亭山，在今安徽宣城附近。众鸟全都飞走了，孤云也飘走了，它们都离山而去，只有自己依然恋恋不舍地看着敬亭山，而那山也恋恋不舍地看着自己。诗里表达了李白对敬亭山的喜爱，以及他和大自然融为一体的感觉。

**【注释】**

　　①闲：形容孤云飘去时缓慢安闲的样子。　　②相看两不厌，只有敬亭山：李白看不厌敬亭山，他觉得敬亭山也看不厌自己。诗人把敬亭山拟人化了。

# 逢雪宿芙蓉山主人

刘长卿

日暮苍山远<sup>①</sup>，天寒白屋贫<sup>②</sup>。
柴门闻犬吠<sup>③</sup>，风雪夜归人。

**【作者简介】**

刘长卿（725？—789？），唐代诗人。以五言诗著名。

**【题解】**

许多地方都有芙蓉山，不知道这首诗中的芙蓉山在哪里。诗人在芙蓉山遇到风雪，傍晚时投宿在一户贫穷的人家。这首诗就是写当晚的情形，用颜色、声音烘托了当时的气氛，读后如身临其境。

**【注释】**

①苍山：青山。　②白屋：茅屋，或者是没有经过油漆装饰的房屋。　③柴门：用散碎木材、树枝等做成的简陋的门。

# 问刘十九

白居易

绿蚁新醅酒[①]，红泥小火炉。
晚来天欲雪，能饮一杯无[②]？

**【作者简介】**

白居易（772—846），唐代诗人。他的诗多方面地反映了当时的社会问题和人民的疾苦，揭露了政治弊端。语言浅显通俗，在平淡中见警奇，并长于叙事。

**【题解】**

刘十九，诗人的朋友，姓刘，排行十九。诗人备了新酿的酒，问刘十九能不能来一起排遣冬夜的寂寞。前三句举出三条理由，既有"新醅酒"，又有"小火炉"，又赶上天快下雪了，刘十九还能不来吗？诗的语言很从容，透露出来的期待之情却相当迫切。我们可以从中感到友情的质朴和温馨。"绿蚁"、"红泥"和"雪"，色彩对比非常鲜明。

**【注释】**

①绿蚁：指米酒的表面漂浮着的泡沫。醅：没有过滤的酒。　②无：用在句末，表示疑问。

# 悯农其一

李　绅

春种一粒粟，秋成万颗子①。
四海无闲田，农夫犹饿死②！

**【作者简介】**

李绅（772—846），唐代诗人。

**【题解】**

《悯农》共两首，表达了对农民的怜悯。第一首前三句说：春天种下一粒粟，秋天收获万颗子，四海之内没有闲田，都种上了庄稼。这样推想下去，农民总该有饭吃吧？可是最后一句却说"农夫犹饿死"，揭示了当时社会的不合理，让人深思。

**【注释】**

　　①成：一作"收"。　　②犹：还是。

# 悯农其二

### 李　绅

锄禾日当午<sup>①</sup>，汗滴禾下土。
谁知盘中餐<sup>②</sup>，粒粒皆辛苦。

**【题解】**

　　这首诗利用汗珠和米粒的一点相似，造成震撼人心的效果。盘中一粒粒的米，原来都是农民辛苦的结晶啊！

**【注释】**

　　①禾：禾苗。　　②餐：饭食。

# 江 雪

柳宗元

千山鸟飞绝，万径人踪灭①。
孤舟蓑笠翁②，独钓寒江雪③。

**【作者简介】**

柳宗元（773—819），唐代诗人和散文家。他的诗和散文对山水风景有精妙的描写。

**【题解】**

诗的前两句写出一个过程，大雪铺天盖地，山上的鸟都飞走不见了，路上行人的脚印也都被盖住了。而这个渔翁不受环境变化的影响，在大雪中仍旧独自钓鱼，寄托了我行我素的情志。

**【注释】**

①人踪：人的踪迹。　②蓑笠：遮雨雪的蓑衣和斗笠。　③独钓寒江雪："雪"字放在"钓"字的后面，处在宾语的位置，却不是宾语，而是状语，很巧妙。

# 寻隐者不遇

## 贾 岛

松下问童子，言师采药去。
只在此山中①，云深不知处。

## 【作者简介】

贾岛（779—843），唐代诗人。他写诗很注意炼字，有"苦吟诗人"之称。诗风朴素平淡。

## 【题解】

隐者，指不肯做官而隐居在乡野的人。寻访那隐士而没有见到，失望的心情可想而知。后两句好像是那童子的回答，又好像是寻访者望着深山发出的叹息。诗里的环境和气氛让人隐约地感到那隐者清高的人格。

## 【注释】

①只：相当于"就"。

# 乐游原

## 李商隐

向晚意不适①，驱车登古原②。
夕阳无限好，只是近黄昏。

**【作者简介】**

李商隐（813？—859），唐代诗人。他的诗题材相
当广泛，色彩绚丽，意境朦胧，含蓄不尽。

**【题解】**

乐游原，在今陕西西安南，地势高敞。原为秦宜
春苑，西汉宣帝修乐游庙，因以为名。这首诗是写登
乐游原所见黄昏景色，后两句概括了一种带有普遍性
的人生感触。诗人似乎是在惋惜什么，但又没明说，
留给读者许多想象的余地。

**【注释】**

①向晚：傍晚。适：舒适，畅快。　②驱车：驾
车。原：宽广平坦的地方。

# 江上渔者

范仲淹

江上往来人，但爱鲈鱼美①。
君看一叶舟，出没风波里。

**【作者简介】**

范仲淹（989—1052），北宋诗人。诗风豪迈，兼
有理致。他的绝句小诗写得新警有味。

**【题解】**

江上往来的游人，只知道鲈鱼鲜美，却不知道
打鱼人驾着一叶小船，在风浪里出生入死，多么艰
辛啊！

**【注释】**

①鲈鱼：鱼名，长江下游一带出产，味道非常鲜
美。

# 陶 者

梅尧臣

陶尽门前土①，屋上无片瓦。
十指不沾泥，鳞鳞居大厦②。

**【作者简介】**

梅尧臣（1002—1060），北宋诗人。他的诗较多地
反映了社会现实，诗风古朴淡雅。

**【题解】**

陶者，烧瓦的工人，他们陶尽了门前的泥土，自
己的屋上却没有一片瓦；而那些手上不沾一点泥的人，
却住在宽敞明亮的大厦里面。

**【注释】**

①陶：用黏土烧制器物。　②鳞鳞：屋顶上的瓦
片像鱼鳞一样密密地排列。

# 晚过水北

## 欧阳修

寒川消积雪，冻浦渐通流<sup>①</sup>。
日暮人归尽，沙禽上钓舟<sup>②</sup>。

**【作者简介】**

欧阳修（1007—1072），北宋诗人。诗风明白晓畅，平易疏朗。

**【题解】**

初春的积雪开始消融，冰封的河水又流动起来；傍晚时分，人们都已归家了，沙洲上那些鸟儿也都跳上了渔船。

**【注释】**

①浦：水边。　②沙禽：沙洲上的鸟儿。

# 江 上

王安石

江水漾西风①，江花脱晚红②。
离情被横笛，吹过乱山东③。

**【作者简介】**

王安石（1021—1086），北宋政治家、诗人。他的
诗多含哲理，往往别出新意。诗风雄健峭拔，晚年归
于闲淡雅丽，脱去流俗。

**【题解】**

诗人站在秋风瑟瑟的江面上，眺望着江边那些凋
谢了的花，一阵笛声传来，勾起了他的离情。离情被
笛声带着，传向很远的地方。

**【注释】**

①漾：水面动荡。西风：秋风。 ③脱晚红：晚
开的花也都已经谢了。 ③乱：风吹波动是乱，眺望
中的远山是乱，诗人的离情乡思也是乱。

# 乌 江

### 李清照

生当作人杰[①]，死亦为鬼雄[②]。
至今思项羽，不肯过江东[③]。

**【作者简介】**

李清照（1084—1151），宋代女词人。她的诗也很有特点，有的雄浑，有的柔婉。

**【题解】**

乌江，在今安徽和县附近。秦朝末年，项羽战败，退到这里时，感到无颜渡江回家乡而自杀。诗人赞美楚霸王项羽的英雄人格，表示做人就应该生为人杰，死为鬼雄。

**【注释】**

①人杰：人中的豪杰。　②鬼雄：鬼中的英雄。这是说死也要死得雄壮。　③江东：长江在芜湖、南京之间为西南、东北走向，习惯上将自此以下的南岸

地区叫江东。

# 咏 雪

### 傅 察

都城十日雪，庭户皓已盈<sup>①</sup>。
呼儿试轻扫，留伴小窗明。

**【作者简介】**

傅察（1090—1126），宋代诗人。诗风温丽。

**【题解】**

原诗共有九首，这是第一首。诗人珍爱洁白的雪，不忍心清除掉，叫小孩儿轻轻地扫，让这雪陪伴在窗前，感受着它的明亮。

**【注释】**

①庭户：庭院。皓：洁白。盈：满。

# 灯 花

### 王 质

造化管不得①，要开时便开。
洗天风雨夜，春色满银台②。

**【作者简介】**

王质（1127—1189），宋代诗人。诗风流畅，尤以律诗对仗工整。

**【题解】**

灯花，灯芯燃烧后所结成的花形。它不受大自然的限制，在连夜的暴雨狂风中，百花已被摧残了，只有它将春色留在人间。

**【注释】**

①造化：大自然。　②银台：灯架。

# 舟中夜书所见

### 查慎行

月黑见渔灯，孤光一点萤①。
微微风簇浪，散作满河星。

**【作者简介】**

查慎行（1650—1727），清代诗人。他的诗善于用白描手法写行旅见闻。

**【题解】**

在没有月亮的暗夜，微风簇拥着波浪，映照着一点渔灯的光；波浪散开，顿时化作满河的星星。

**【注释】**

①萤：像萤火虫的一点儿光亮。

# 客 晓

沈受宏

千里作远客，五更思故乡。
寒鸦数声起，窗外月如霜。

**【作者简介】**

沈受宏（1645—1722），清代诗人。他的诗多是感慨咏叹的内容。

**【题解】**

诗人在很远很远的地方旅居，因思念故乡而一夜未眠。到了五更时分，冷风里传来几声寒鸦的叫声，诗人抬头看看窗外，只有一地的月色恰如一地的冷霜。

# 苔

袁 枚

白日不到处，青春恰自来①。
苔花如米小，也学牡丹开。

**【作者简介】**

　　袁枚（1716—1798），清代诗人。他的诗多写自己生活中的真情实感，生趣盎然，清新可爱。

**【题解】**

　　苔，即青苔。青苔生长在阴暗潮湿的地方，终年见不到阳光；然而到了春天，它一样地拥有绿色，拥有生命。

**【注释】**

　　①青春：指春天。

# 七言绝句

## 咏 柳

贺知章

碧玉妆成一树高①，万条垂下绿丝绦②。
不知细叶谁裁出，二月春风似剪刀。

**【作者简介】**

贺知章（659—744），唐代诗人。他擅长七言绝句，
诗风明快洒脱，表现出热情豪爽、诙谐风趣的性情。

**【题解】**

这首诗连用玉树、美女、丝带来比喻，把春柳描
绘得婀娜多姿、生机勃勃、光彩照人。特别是说春风
像一把剪刀，裁剪出无数细长的柳叶，使无形的春风
有形有情、灵巧可爱。

**【注释】**

①碧玉妆成一树高：碧绿的春柳像一株玉树，又

像一位打扮得很漂亮的少女。碧玉，既指绿色的玉，又指古代的美女。妆成，打扮成，装饰成。　②万条垂下绿丝绦：千条万条细长轻柔的柳枝，就像美女裙上的绿色丝带在飘拂。绦，用丝线编成的带子。

# 回乡偶书其一

贺知章

少小离家老大回，乡音无改鬓毛衰①。
儿童相见不相识，笑问客从何处来。

**【题解】**

　　偶书，偶然写下来。作者从小离家，到八十多岁才回到故乡，家乡的孩子们不认识他，把他当成了客人。作者捕捉住这个有趣的场面，用朴素自然的语言，描绘出儿童天真活泼的神态口吻，更表现自己久客回乡的心情，使读者感受到浓郁亲切的乡情和人情味。

**【注释】**

　　①鬓毛：耳边的毛。衰：疏落。

# 出塞其一

王昌龄

秦时明月汉时关①，万里长征人未还。
但使龙城飞将在②，不教胡马度阴山③。

**【作者简介】**

王昌龄（约698—756），唐代诗人。他以写边塞诗、妇女诗和赠别诗著名，七言绝句写得尤其出色。

**【题解】**

"出塞"是乐府诗旧题。塞，边塞。诗人面对着照耀边关的一轮明月，心潮起伏。从古到今，战火持续不息，无数战士为国献身不能返回家园。他希望唐王朝能够任用李广那样英勇善战的名将镇守边关，使敌人不敢来侵犯。诗人把丰富深厚的思想感情浓缩在四句诗中，语气豪迈，音节响亮，情境苍凉悲壮。

**【注释】**

①秦时明月汉时关：眼前还是秦汉时代的明月，

照耀着秦汉时代的边关。　②但使：只要。龙城飞将：指汉代名将李广。他曾任右北平郡太守，勇敢善战，屡次挫败匈奴入侵，人称"飞将军"。"龙城"指卢龙城，在今河北，是汉代右北平郡所在地。　③胡马：指敌人的车队。胡，古代汉族人对北方和西北游牧民族的通称。阴山：在今内蒙古中部。汉代时，匈奴军队常从阴山南侵。

## 芙蓉楼送辛渐

王昌龄

寒雨连江夜入吴①，平明送客楚山孤②。
洛阳亲友如相问③，一片冰心在玉壶④。

【题解】

　　芙蓉楼，故址在唐代润州（今江苏镇江）城西北角。辛渐，作者的朋友。这首送别诗是作者遭受诬谤、被贬为江宁（今江苏南京）县丞时写的。前两句用寒雨孤山景色，衬托惜别的心情；后两句用冰心、玉壶的美好形象，比喻自己仍保持着纯洁的品格。

**【注释】**

①寒雨连江夜入吴：寒雨迷蒙，笼罩大江，作者陪友人从江宁乘舟沿江东下，在夜里进入了吴地。"吴"，这里指唐代润州，春秋时属吴国。　②平明送客楚山孤：第二天清晨，在芙蓉楼上送别了友人，只觉得楚山也像自己一样，孤零零地站立在广阔的平原上。"平明"，早晨天亮时。"楚"，这里指唐代扬州，战国时属楚国。辛渐是由润州渡江，取道扬州，北归洛阳。　③洛阳亲友：作者曾在洛阳生活一段时间，那里有他的亲朋好友。　④冰心：像冰一般晶莹的心，比喻正直清白。

# 九月九日忆山东兄弟

## 王　维

独在异乡为异客①，每逢佳节倍思亲。
遥知兄弟登高处，遍插茱萸少一人②。

**【题解】**

九月九日，即重阳节，也称重九。古代有重阳插戴茱萸登高饮菊花酒的习俗。山东，指华山以东（今山西），王维的家乡就在这一带。这首抒写佳节思亲的诗，是王维十七岁游历长安时的作品。明明是自己独居异乡，在节日里非常想念家乡的兄弟，却从对面落笔，写兄弟们今天头插茱萸登高欢聚时感到少了一个人，从而更深挚地抒发出两地相思之情。"每逢佳节倍思亲"一句，高度概括和准确表达了古今中外所有他乡游子共同的感受，所以千百年来传诵人口。

【注释】

①异乡：他乡。　②茱萸：一种有浓烈香气的植物，据说可以祛邪、避灾。

## 送元二使安西

王　维

渭城朝雨浥轻尘①，客舍青青柳色新②。
劝君更尽一杯酒③，西出阳关无故人④。

**【题解】**

元二，作者的朋友。使，奉命出使。安西，即安西都护府，治所在今新疆库车境内。这首诗题又作《渭城曲》。诗的前两句写景，点明送别的地点和时间。朝雨洗尘，柳色青青，诗人把送别的场景写得非常清新明丽，蕴含着安慰、祝愿的深情。后两句把对朋友的担忧、关切、留恋和劝勉注入一杯酒中，情味俱深，千古传诵。

**【注释】**

①渭城朝雨浥轻尘：渭城早晨的细雨，湿润了道路上的灰尘。渭城，秦都城咸阳，汉代改称渭城，在今陕西咸阳，渭水北岸。浥，湿润。 ②客舍：旅店。柳色新：柳色新鲜青翠。古人有折柳枝送别的习俗，这里用柳色象征送别。友人西去大漠，将只有风沙荒寒，再没有青青柳色。 ③更：再。尽：喝干。这里"更尽"二字，表明酒已劝了多次，尽了多杯。④西出阳关无故人：现在还有老朋友在一起喝酒，往西出了阳关，就不容易遇到熟悉的人了。阳关，古关名，通往西域的门户，故址在今甘肃敦煌附近。因位

于玉门关之南，故称阳关。故人，老朋友。

# 送沈子福归江东

王 维

杨柳渡头行客稀①，罟师荡桨向临圻②。
惟有相思似春色，江南江北送君归。

**【题解】**

沈子福，作者的朋友。江东，指长江下游南岸地区。前两句写行客稀少、渔人归家，意在表现诗人仍然站在渡口目送友人远去。后两句借助奇妙的联想，用染遍大江南北的春色比喻相思之情，使它成为可见可触的形象。

**【注释】**

①稀：少。 ②罟师：渔人。临圻：靠近曲岸之地。这里指江东地区。

# 黄鹤楼送孟浩然之广陵

### 李 白

故人西辞黄鹤楼①，烟花三月下扬州②。
孤帆远影碧空尽，惟见长江天际流。

## 【题解】

　　黄鹤楼，故址在今湖北武汉蛇山的黄鹤矶头。传
说仙人王子安乘黄鹤经过这里，因此得名。孟浩然，
唐代诗人，李白的好朋友。之，往。广陵，今江苏扬
州。在繁花如烟的阳春三月，在千古名胜黄鹤楼头，
孟浩然将要乘船东下，远游繁华的都会扬州，李白为
他送行。老朋友的孤帆在碧空中逐渐消失，诗人还在
黄鹤楼上极目眺望，只见滚滚长江流向天际。诗人对
故人的深情也融入这空阔无涯的江天景色之中。李白
写送别，也写得豪情奔放，意境瑰丽壮阔，充满青春
浪漫的气息，令人神往。

## 【注释】

　　①西辞：黄鹤楼在广陵的西面，辞别黄鹤楼去广

陵，所以说"西辞"。　②烟花：花树繁茂浓艳，远望像浮动的烟雾。

# 望天门山

李　白

天门中断楚江开①，碧水东流至此回②。
两岸青山相对出，孤帆一片日边来。

**【题解】**

天门山，在今安徽当涂西南长江两岸。东为博望山，西为梁山，两山夹江对峙，像一座天设的门户，所以合称天门山。全篇句句写"望"，诗人连用"开"、"回"、"出"、"来"四个动词。表现出山水的气势、动态美和蓬勃生命活力，饱含着诗人赞美祖国壮丽江山的激情。

**【注释】**

①天门中断楚江开：天门山中间断裂，是因为楚江怒涛冲撞，打开了一条通道。楚江，安徽是古代楚

地，所以诗人把流经这个地段的长江称为楚江。
②回：江水的流向在这里有一个转折。

# 赠汪伦

## 李 白

李白乘舟将欲行，忽闻岸上踏歌声①。
桃花潭水深千尺②，不及汪伦送我情。

**【题解】**

　　李白游泾县（今属安徽）桃花潭时，村人汪伦常
以美酒款待他。李白乘船欲行，汪伦踏歌送别。李白
深受感动，作诗相赠。诗中将眼前所见的深湛桃花潭
水与汪伦送别的情谊相比拟，想象天真淳朴，耐人寻
味。全篇语浅情深，爽朗明快，浑然天成。

**【注释】**

　　①踏歌：用脚踏地打拍子同时唱歌。　　②桃花
潭：在泾县西南。

# 早发白帝城

李 白

朝辞白帝彩云间①，千里江陵一日还②。
两岸猿声啼不住，轻舟已过万重山。

## 【题解】

李白晚年被流放到夜郎（今贵州桐梓），至白帝城（在今重庆奉节东白帝山上），忽然遇赦，于是乘船顺流而还，作了这首诗。诗人以灵动奔放的笔调，写出江流之快和归舟之轻，将自己历尽磨难、绝处逢生的喜悦心情抒发得淋漓尽致。诗的后两句还被后人从中引申出激励人心的哲理。

## 【注释】

①朝辞白帝彩云间：早晨从高入彩云间的白帝城出发。辞，告别。　②千里江陵一日还：这一句用极远的空间"千里"和极短的时间"一日"对照，"还"字把下江陵写得有如还乡，轻快之情溢于言表。江陵，今属湖北。

# 别董大

高 适

千里黄云白日曛①，北风吹雁雪纷纷②。
莫愁前路无知己③，天下谁人不识君④。

**【作者简介】**

高适（702—765），唐代诗人。以写边塞诗著称。
他的诗语言明快，感情激昂，风格雄豪。

**【题解】**

董大，诗人的朋友，他在兄弟中排行第一，所以
称"大"。前两句勾勒出送别时的景色，在荒寒昏暗中
显得雄阔。后两句用开朗有力的语调，劝慰和勉励远
行的朋友，正是历代称誉的"盛唐之音"的特色。

**【注释】**

①千里黄云白日曛：千里黄云蔽天罩地，白日也
变得昏昏沉沉。曛，昏暗。　②北风吹雁雪纷纷：北
风呼啸，吹得孤雁惊飞，雪花纷纷扬扬。　③知己：

知心的朋友。　　④识：赏识。君：指董大。

# 绝句四首其三

杜 甫

两个黄鹂鸣翠柳<sup>①</sup>，一行白鹭上青天。
窗含西岭千秋雪<sup>②</sup>，门泊东吴万里船<sup>③</sup>。

**【作者简介】**

杜甫（712—770），唐代诗人。他的诗融会众长，兼工诸体，律切精深，具有以沉郁顿挫为主的多种风格，广阔深刻地反映了安史之乱前后的社会生活，被誉为"诗史"。

**【题解】**

这首绝句是杜甫重返成都草堂时写的，诗中描绘草堂四周的春天景物。前两句写黄鹂鸣翠柳、白鹭上青天，有声有色，生机蓬勃。色彩的映衬对比，绚丽悦目。后两句写山雪和江船，分别表现出久远的时间和辽阔的空间。全篇洋溢着诗人对春光的赞美和对生活的热爱。

【注释】

①黄鹂：黄莺。　②窗含西岭千秋雪：窗外可见远处西山千年不化的皑皑白雪。"含"字把室内和窗外的景色融合在一起。　③门泊东吴万里船：门外江边停泊着远航东吴、行程万里的船。东吴，三国时孙权在江南定国号为吴，也称东吴，泛指今江苏所辖地区。

# 枫桥夜泊

张　继

月落乌啼霜满天，江枫渔火对愁眠①。
姑苏城外寒山寺②，夜半钟声到客船。

【作者简介】

张继（生卒年不详），唐代诗人。他善于将深挚的感情寓于生动的景色之中，诗风清远自然。

**【题解】**

枫桥，在今江苏苏州西郊。深秋之夜，诗人泊舟枫桥，创作了这首小诗。那夜半钟声从古老的佛寺传出，悠扬回荡，衬托出夜的静谧，使不眠的旅人更添愁绪，这是诗人创造清远意境的点睛之笔。

**【注释】**

①渔火：渔家灯火。　②姑苏：即苏州，因城西南有姑苏山，所以有此别称。寒山寺：在枫桥西，始建于梁代，因唐初著名诗僧寒山曾住在这里而得名。

# 夜　月

刘方平

更深月色半人家①，北斗阑干南斗斜②。
今夜偏知春气暖，虫声新透绿窗纱。

**【作者简介】**

刘方平（生卒年不详），唐代诗人。尤擅绝句，写得清丽、细腻、新颖、隽永。

**【题解】**

　　"夜月"一作"月夜"。诗人在寒冷的月夜里忽然听到唧唧虫声，他猜想小虫是最先感觉春的暖意才欢鸣的。他用"新透"二字传达出窗内乍闻虫声的新鲜感和惊喜感，又用一"绿"字引起读者对春回大地的美好联想。

**【注释】**

　　①更深月色半人家：夜半更深，月光已经西斜，只照到人家的一半。　　②阑干：横斜的样子。

## 滁州西涧

### 韦应物

　　独怜幽草涧边生①，上有黄鹂深树鸣②。
　　春潮带雨晚来急，野渡无人舟自横。

**【作者简介】**

　　韦应物（737—792），唐代诗人。他擅长描写山水田园，诗风清雅闲淡，能传达出人们不易说出的感受。

**【题解】**

　　这首诗是韦应物罢滁州（今属安徽）刺史后，闲居城西西涧时写的。诗人以动静相生的手法，描绘西涧的晴景和雨景，有悠然自得之趣，表现了诗人寻求宁静淡泊的心态。

**【注释】**

　　①怜：爱。这个"怜"字贯穿全篇。　②深树：树林茂密处。

# 早春呈水部张十八员外其一

韩　愈

天街小雨润如酥①，草色遥看近却无②。
最是一年春好处，绝胜烟柳满皇都③。

**【作者简介】**

　　韩愈（768—824），唐代古文家兼诗人。他的诗笔力雄健，气势宏伟，有以文为诗、追求奇险的倾向，但也不乏清新自然之作。

**【题解】**

　　张十八员外，指张籍，当时任水部员外郎，是韩愈的诗友，他在同族兄弟中排行第十八。这首写给友人的诗，把早春的蒙蒙细雨和新生的茸茸草芽描绘得细腻传神，充满生机。诗人赞美早春是一年中最美好的季节，用皇都烟柳的暮春景色作对比，表现出他对新生事物的喜爱和不屑流俗的审美情趣。

**【注释】**

　　①天街：皇城中的街道。酥：酥油，这里是形容初春细雨的滋润。　　②草色遥看近却无：刚刚冒出地面的草芽，远望是嫩黄浅绿的一片，走近去看，却又看不到绿色。　　③绝胜：大大超过。皇都：京城。

# 竹枝词其一

### 刘禹锡

杨柳青青江水平，闻郎江上唱歌声。
东边日出西边雨，道是无晴却有晴①。

**【作者简介】**

刘禹锡（772—842），唐代诗人. 他的讽喻诗、咏史怀古诗、写景抒情诗都流畅自然，有清刚之气，蕴含隽永的哲理意味，尤长七绝。他的《竹枝词》、《浪淘沙》等诗词，清新俊爽，极富民歌风味。

**【题解】**

竹枝词，原是古代四川一带的民歌。刘禹锡被贬到夔州（今重庆奉节）期间，学习当地民歌，创作了不少新诗。这一首写男女间纯真的爱情。诗人巧妙地选取晴雨不定的景象，运用民歌中常见的谐音双关手法，形象地表达一个姑娘微妙复杂的心理。

**【注释】**

①晴："晴"和"情"字同音，"无晴"、"有晴"，谐音双关"无情"、"有情"。

# 望洞庭

刘禹锡

湖光秋月两相和①，潭面无风镜未磨②。
遥望洞庭山水翠③，白银盘里一青螺。

**【题解】**

　　洞庭，湖名，在今湖南。这首诗描绘秋月映照下洞庭的湖光山色之美。作者先把波平浪静的湖面比作未经磨过的铜镜，接着又把湖上的君山比做白银盘里的一只青螺，想象美妙。

**【注释】**

　　①湖光秋月两相和：洞庭的湖光和月色交相辉映，柔美和谐。　②潭面无风镜未磨：风静浪息，水气和月光交融，湖面就像未曾打磨过的铜镜，迷迷蒙蒙。潭，指洞庭湖。　③翠：绿色。

# 暮江吟

白居易

一道残阳铺水中①，半江瑟瑟半江红②。
可怜九月初三夜③，露似真珠月似弓④。

## 【题解】

　　这首诗大约是白居易赴杭州任刺史途中写的。前两句写夕阳落照中的江水，绘景奇丽细致；后两句写新月初升的夜景，比喻新颖巧妙。全篇洋溢着诗人陶醉于自然美的喜悦之情。二、四句都用了重言错综句式，句中对仗，音节流畅优美，却又像随口吟成，非常自然。

## 【注释】

　　①残阳：夕阳。铺：铺盖着。　②半江瑟瑟半江红：映照着落日余晖的一半江水，呈现红色；而阳光照不到的另一半江面，却是深碧的。瑟瑟，碧色。本为珍宝名，是碧色的，所以用"瑟瑟"代指碧绿色。
③可怜：可爱。　④真珠：即珍珠。

# 秋 夕

杜 牧

银烛秋光冷画屏①，轻罗小扇扑流萤②。
天阶夜色凉如水③，坐看牵牛织女星④。

**【作者简介】**

杜牧（803—852），唐代诗人。诗风俊爽峭丽，意境深远，尤擅七绝。

**【题解】**

秋夕，秋天的夜晚，这里指七夕，即农历七月七日，相传是牛郎星与织女星在银河相聚的日子。这首诗写一个失意宫女的孤独生活。诗人以秋夜深宫清丽幽冷的景色、宫女扑萤和坐看牵牛织女星的动作，烘托出她哀怨与期望交织的心情。全篇层层绘出，含蓄蕴藉。

**【注释】**

①银烛：白蜡烛。冷：指烛光惨淡。　②轻罗小

扇：罗是质地稀疏的丝织品。扇子到秋天就没用了，所以古诗里常以秋扇比喻弃妇，这里的"轻罗小扇"也象征着持扇宫女被遗弃的命运。　③天阶：皇宫中的石阶。夜色凉如水：暗示夜已深了，寒气袭人。　④坐：一作"卧"。

# 山 行

#### 杜 牧

远上寒山石径斜，白云生处有人家①。
停车坐爱枫林晚②，霜叶红于二月花③。

**【题解】**

　　这首诗先以寒山斜径、白云人家作为淡远的背景，然后泼洒浓彩描绘层峦尽染的枫林，把经霜枫叶与二月春花巧妙地联系在一起。枫林火红艳丽，生机勃勃，不是春光，胜似春光。

**【注释】**

　　①生：有"生出"、"升起"的意思。"生"一作

"深"。"生"比"深"好，使人好像看到远山深处白云在冉冉升起、浮动。　②坐：因为。　③红于：比……还要红。

# 清　明

杜　牧

清明时节雨纷纷，路上行人欲断魂①。
借问酒家何处有②，牧童遥指杏花村。

【题解】

　　清明，二十四节气之一，在阳历4月5日前后，历代有扫墓或郊游的风俗。诗的上联写清明佳节，细雨纷纷，路上行人心情加倍凄迷纷乱。下联写行人向牧童打听哪里有酒家，牧童手指杏花村作为答复。全篇语言通俗，音节和谐，情景逼真，趣味盎然。特别是结句，使人如见骑牛牧童的手势和神态，如见远方杏花盛开的村庄，意境极优美。

**【注释】**

①断魂：形容强烈而又深隐难言的感情。这里是说行人凄迷纷乱的心理状态。　②借问：请问，向人打听。

# 夜雨寄北

## 李商隐

君问归期未有期①，巴山夜雨涨秋池②。
何当共剪西窗烛③，却话巴山夜雨时。

**【题解】**

这首诗是李商隐在梓州（今四川三台）任幕僚期间寄赠长安友人的。长安在梓州北面，所以说"寄北"。在暗淡的灯光下，巴山的夜雨声中，诗人向远方的朋友倾吐羁旅的愁苦，渴望着重逢。设想有那么一天，与朋友一起坐在家里的西窗下，剪去烛花，再向友人诉说今宵巴山夜雨中思念的情景。在时间和空间的回环对照中，将深挚的友情表达得曲折细腻又含蓄隽永。

**【注释】**

①君问归期未有期：这一句包含着一问一答，意思是说你问我几时回家，我回家的日期还没个准啊！②巴山：泛指巴蜀之地。这一句用一个"涨"字，绾结巴山、夜、雨、秋、池几个景物意象，展现寂寥凄清、迷蒙萧瑟的画面，渲染出浓重的愁情。 ③何当：何时。

## 登飞来峰

王安石

飞来山上千寻塔①，闻说鸡鸣见日升②。
不畏浮云遮望眼③，自缘身在最高层④。

**【题解】**

飞来峰，即正文中的"飞来山"，在今浙江绍兴城外，传说此山从琅邪濒海处飞来，所以叫飞来山。宋时山上有应天塔。诗人登山上塔，居高临下，不禁豪情满怀，脱口成诗，抒发了他的雄心壮志。

**【注释】**

　　①寻：古代长度单位，八尺为一寻。　②鸡鸣见
日升：雄鸡打鸣时可见到太阳升起。　③不畏浮云遮
望眼：不担心浮云遮住远望的视线。"浮云"有时用来
比喻邪臣。　④缘：因为。

# 泊船瓜洲

## 王安石

京口瓜洲一水间，钟山只隔数重山①。
春风又绿江南岸②，明月何时照我还？

**【题解】**

　　瓜洲，在今江苏邗江南。诗人从京口（今江苏镇
江）渡江到瓜洲时，不禁思乡心切，于是在诗中运用
深情的笔调，抒发了他幽远的乡思。

**【注释】**

　　①钟山：今南京紫金山，诗人居住在那里。
②绿：作动词用，意为"使……绿"。据洪迈《容斋续

笔》卷八记载，诗人在这里曾用过"到"、"过"、"入"、
"满"等十字，最后定为"绿"字。

# 北陂杏花

## 王安石

一陂春水绕花身，花影妖娆各占春①。
纵被春风吹作雪②，绝胜南陌碾成尘③。

**【题解】**

北陂，北面的池塘。这首诗前两句写花开，后两
句写花落。花开，娇艳美丽，饱含春意。花落，则宁
愿被春风吹得像雪花一样飘落水中，也绝对胜过落在
田间小路上被人马碾成尘土，寄托了诗人自身的高尚
情操。

**【注释】**

①妖娆：娇艳美好。占春：包含春意。　②纵：
即使。　③陌：田间小路。

# 春日偶成

程　颢

云淡风轻近午天，傍花随柳过前川<sup>①</sup>。
时人不识余心乐<sup>②</sup>，将谓偷闲学少年<sup>③</sup>。

**【作者简介】**

程颢（1032—1085），宋代理学家、诗人。他的不少诗是描绘自然景色、闲居生活和阐述理学宗旨的。

**【题解】**

偶成，偶然作成。诗人在风和日丽的春天即景作诗，抒发自己郊游时怡然自得的心情。

**【注释】**

①傍花随柳：穿行于花丛、柳林之间。　②时人：当时的人。识：理解。余：我。　③偷闲：挤出空闲的时间。

# 六月二十七日望湖楼醉书其一

## 苏 轼

黑云翻墨未遮山<sup>①</sup>，白雨跳珠乱入船<sup>②</sup>。
卷地风来忽吹散，望湖楼下水如天<sup>③</sup>。

**【作者简介】**

苏轼（1037—1101），宋代诗人。他的诗比喻丰富，风格豪放，多含理趣。

**【题解】**

望湖楼，在杭州西湖昭庆寺前。本题共五首，这是第一首。诗人在酒醉中，生动如实地描绘了一场大阵雨由黑云翻滚、倾盆而下至风来雨散的过程。

**【注释】**

①翻墨：像翻洒的墨汁似的。 ②白雨跳珠：白色的雨点像乱跳的珍珠。 ③水如天：水明天清，水天一色。

# 饮湖上初晴后雨其二

苏 轼

水光潋滟晴方好<sup>①</sup>，山色空蒙雨亦奇<sup>②</sup>。
欲把西湖比西子<sup>③</sup>，淡妆浓抹总相宜<sup>④</sup>。

**【题解】**

湖，指杭州西湖。本题共二首，这是第二首。前两句通过"初晴后雨"的天气变化，描绘了西湖美丽多姿的景色。后两句十分巧妙地将西湖比作美女西施，使西湖除了无与伦比的自然美外，又多了一种联想。此诗一出，人人传诵，于是西湖又有了"西子湖"的别称。

**【注释】**

①潋滟：水波流动的样子。 ②空蒙：烟雨迷茫的样子。 ③西子：西施，春秋时越国美女。 ④淡妆浓抹总相宜：不论是淡妆还是浓妆都很适宜。形容西湖不论是晴天还是雨天都很美丽。

# 题西林壁

苏 轼

横看成岭侧成峰，远近高低各不同。
不识庐山真面目<sup>①</sup>，只缘身在此山中。

**【题解】**

　　西林，指庐山北麓的乾明寺。这首诗是诗人游庐山时所作。千姿百态的庐山，从不同方位、不同高度和不同距离观察，结果各不相同，由此悟出了"旁观者清"的道理。

**【注释】**

　　①庐山：又名匡山、匡庐，相传殷周时有匡姓兄弟结庐隐居于此，因而得名。

# 惠崇春江晓景

苏 轼

竹外桃花三两枝，春江水暖鸭先知。

蒌蒿满地芦芽短<sup>①</sup>，正是河豚欲上时<sup>②</sup>。

**【题解】**

　　惠崇，宋初僧人，能诗善画。苏轼在他画的《春江晓景图》中，发现诗意，用语言加以点化，表现诗人对季节转换、春天到来的喜悦之情。桃花开了三两枝，还没有全开；春江水暖，鸭儿已先感觉到了；芦苇已经抽芽，但还很短。这一切都是早春的景色。"春江水暖鸭先知"，尤其显出诗人的敏感和笔触的细腻。"晓景"一作"晚景"。

**【注释】**

　　①蒌蒿：多年生草本植物，多生于河滩，可食。芦芽：芦苇的芽。　②河豚：一种味道鲜美而有毒性的鱼，加工处理后可食。我国沿海出产，春季沿江水上行。与芦芽一起烹煮最相宜。河豚欲上，是诗人的联想和期待。

# 初见嵩山

## 张　耒

年来鞍马困尘埃①，赖有青山豁我怀②。
日暮北风吹雨去，数峰清瘦出云来③。

**【作者简介】**

张耒（1054—1114），宋代诗人。他的诗注重反映民间疾苦，自然流畅，词浅意深，尤其擅长绝句、律诗。

**【题解】**

嵩山，古称“中岳”，在河南登封北。这首诗是诗人途经嵩山时所作，表达了作者对大自然的喜爱。

**【注释】**

①困尘埃：为尘埃所困，指经常在外奔波，风尘仆仆。　②豁我怀：使我的胸怀开阔。　③日暮北风吹雨去，数峰清瘦出云来：太阳落山时分，一阵北风将带雨的乌云吹走，峻峭的山峰又显露出来。“清瘦”是以拟人的手法描绘嵩山诸峰的峻峭。

# 春游湖

徐 俯

双飞燕子几时回，夹岸桃花蘸水开<sup>①</sup>。
春雨断桥人不渡<sup>②</sup>，小舟撑出柳阴来。

**【作者简介】**

徐俯（1075—1141），宋代政治家、诗人。他的诗清新、自然而平淡。

**【题解】**

题目一作《春日游湖上》。春雨之后，桥被淹没，行人不便。柳阴之中忽然撑出一只摆渡的小船，人们春日游湖的乐趣油然而生。

**【注释】**

①蘸：浸入。　②渡：通过。

# 病 牛

李 纲

耕犁千亩实千箱①，力尽筋疲谁复伤②。
但得众生皆得饱③，不辞羸病卧残阳④。

**【作者简介】**

李纲（1083—1140），宋代政治家、诗人。他的诗作不少，但大多冗长拖沓，偶尔也有真率感人之作。

**【题解】**

诗人这时正遭贬斥，他以病牛自喻，俯首甘为来生之牛，只要天下百姓都能吃饱饭，即使筋疲力尽而病倒在夕阳之下也在所不辞。但在当时奸臣当道的情况下，诗人无用武之地，难以实现自己的美好愿望。

**【注释】**

①实：充实。　②伤：哀怜。　③但得：只要。
④羸：瘦弱。

# 晓出净慈送林子方

## 杨万里

毕竟西湖六月中，风光不与四时同①。
接天莲叶无穷碧②，映日荷花别样红③。

**【作者简介】**

杨万里（1124—1206），宋代诗人。他的诗生动活泼，构思新颖。

**【题解】**

净慈，即净慈寺，杭州西湖边的著名佛寺。林子方，作者的朋友。这首诗通过对六月西湖风光的描写，表达了作者送朋友时的惜别之情。

**【注释】**

①四时：四季。　②接天莲叶无穷碧：碧绿的莲叶一望无边，仿佛与蓝天连在一起。　③映日荷花别样红：与日光互相映照的荷花显得特别娇艳鲜红。

# 闲居初夏午睡起其一

杨万里

梅子留酸软齿牙<sup>①</sup>，芭蕉分绿与窗纱<sup>②</sup>。
日长睡起无情思<sup>③</sup>，闲看儿童捉柳花。

**【题解】**

　　本题共二首，这是第一首。诗人自以为这首诗的功夫主要体现在"捉"字上。"闲看儿童捉柳花"，静中见动，既描述了柳花漫天飘飞的景象，又表现了儿童生动活泼的神态。

**【注释】**

　　①软齿牙：使牙齿发软，俗称"倒牙"。　②分绿：使窗纱也被染成绿色。用"分绿"描写蕉叶映窗，显示出诗人构思运笔之妙。与：给。　③无情思：无兴致。

# 过松源晨炊漆公店

杨万里

莫言下岭便无难①，赚得行人错喜欢②。
正入万山圈子里，一山放出一山拦③。

**【题解】**

松源，在江西弋阳、安仁之间。这首诗告诉人们，不要因为眼前的顺利而松懈，忽略了前进路上一个接一个的困难。

**【注释】**

①莫言：不要说。　②赚得：骗得。　③一山放出一山拦：一山刚放过行人，另一山又把行人拦住。

# 秋夜将晓出篱门迎凉有感其二

陆　游

三万里河东入海，五千仞岳上摩天①。
遗民泪尽胡尘里②，南望王师又一年③。

**【作者简介】**

陆游（1125—1210），宋代诗人。他的诗风格多样，感情丰富，有的悲愤激昂，有的闲适细腻。很多作品充满了爱国主义精神和对人民疾苦的关心。

**【题解】**

本题共二首，这是第二首。当时宋朝的北方领土被金人占领。诗的前两句展示了北方国土的壮美，暗含着对这里产生的名臣与英才的向往，表达了诗人对祖国河山的热爱。后两句写诗人虽闲居在家，但时刻想念着北方的大好河山和望穿泪眼盼望宋军尽快收复失地的沦陷区人民。

**【注释】**

①河：黄河。仞：古时八尺或七尺为一仞。岳：西岳华山。三万里、五千仞：形容山高水长。　②遗民：北方沦陷区的人民。胡尘：胡人兵马扬起的烟尘。③王师：指宋朝军队。

# 十一月四日风雨大作

陆 游

僵卧孤村不自哀①，尚思为国戍轮台②。
夜阑卧听风吹雨③，铁马冰河入梦来④。

**【题解】**

绍熙三年（1192）十一月四日深夜，风雨交加，诗人不因自己晚年的逆境而悲哀。一心一意盼望为国杀敌，于是梦见自己骑着战马行进在冰河上。

**【注释】**

①僵卧孤村：指老居孤村，早已离开了抗金的战场。　②轮台：地名，今属新疆。汉代曾在此驻兵屯田，这里泛指边疆。　③夜阑：夜深。　④铁马：披铁甲的战马。冰河：冰封的河流。

# 梅花绝句

陆　游

闻道梅花坼晓风<sup>①</sup>，雪堆遍满四山中。
何方可化身千亿<sup>②</sup>，一树梅前一放翁<sup>③</sup>。

**【题解】**

　　诗人一生喜爱高洁的梅花，写这首诗时已七十八岁，面对像雪一样开遍四山的梅花，他多么希望自己有办法化成千万个身体，使每株梅花之前都有一个自己啊。

**【注释】**

　　①坼晓风：指梅花在晓风中开放。　　②何方：有什么办法。　　③放翁：陆游之号。

# 示　儿

陆　游

死去元知万事空<sup>①</sup>，但悲不见九州同<sup>②</sup>。

王师北定中原日，家祭无忘告乃翁③。

**【题解】**

诗人八十五岁临终前，写下这首绝笔诗给六个儿子。诗人早就知道人死后万事皆空，惟一的遗憾是未见到全国统一，希望全国统一的那一天，儿子们将这喜讯告诉他的在天之灵。

**【注释】**

①元：原。　②但：只。九州同：全国统一。古代中国分为九州。　③乃翁：你们的父亲。

# 四时田园杂兴其四十四

范成大

新筑场泥镜面平①，家家打稻趁霜晴②。
笑歌声里轻雷动，一夜连枷响到明③。

**【作者简介】**

范成大（1126—1193），宋代诗人。他的诗题材

广泛，风格轻巧，意境清新，语言流畅。他擅长绝句，
所写的田园诗富有泥土气息。

**【题解】**

　　本题共六十首，这是第四十四首。诗中描绘了秋
收季节家家打稻的情景和农民们欢歌笑语的劳动气氛，
表现了农民丰收后的喜悦。

**【注释】**

　　①场泥：打稻场地。　　②霜晴：霜后的晴天。
③连枷：打稻的农具。

# 横　塘

## 范成大

南浦春来绿一川①，石桥朱塔两依然。
年年送客横塘路，细雨垂杨系画船②。

**【题解】**

　　横塘，在今江苏苏州西南。江南水乡的风光秀美

奇丽，令人向往；春风细雨中在河边送客，依依惜别。

**【注释】**

①南浦：诗中多见，泛指送别的渡口。　②系：拴着。

# 春　日

朱　熹

胜日寻芳泗水滨①，无边光景一时新。
等闲识得东风面②，万紫千红总是春③。

**【作者简介】**

朱熹（1130—1200），宋代理学家、诗人。他的诗寓意含蓄，简练明快，平淡自然，很多作品成功地表现了大自然的壮丽秀美和诗人的远大胸怀。

**【题解】**

诗人描绘了春天风和日丽、生气勃勃、百花竞艳、万物更新的美好景象，寓抽象的哲理于生动的描绘之中。特别是"万紫千红总是春"一句，脍炙人口，成为家喻户晓的名句。

**【注释】**

①胜日：美好的日子。泗水：在今山东中部。孔子葬于鲁城北泗上，这句诗有向往孔子的意思。②等闲：寻常。东风面："东风"代表春天，指春天的面貌。　③总是：都是。


# 水口行舟其一

### 朱　熹

昨夜扁舟雨一蓑①，满江风浪夜如何②。
今朝试卷孤篷看③，依旧青山绿树多。

**【题解】**

水口，镇名，在今江西武宁东南。一说在福建古田或邵武。本题共二首，这是第一首。诗人夜里行船，遇上了大风雨，不禁担心起来，但早晨卷起帘子一看，喜出望外地发现两岸仍然是山青树绿。

**【注释】**

①扁舟：小船。雨一蓑：在雨中披上蓑衣。

②夜如何：一夜的风浪不知要造成怎样的后果。

③篷：船帘。

# 观书有感其一

朱 熹

半亩方塘一鉴开①，天光云影共徘徊②。
问渠那得清如许③，为有源头活水来④。

**【题解】**

本题共二首，这是第一首。诗人通过形象的比喻，写出了自己读书时受到的启发和不断读书、不断汲取新知识的重要性，诗意天然，富于理趣。

**【注释】**

①鉴：镜子。开：打开。　②徘徊：来回移动。
③渠：它，指方塘。清如许：如此清澈。　④为：因为。

# 题临安邸

林 升

山外青山楼外楼，西湖歌舞几时休①。
暖风熏得游人醉，直把杭州作汴州②。

**【作者简介】**

林升（大约生活于宋孝宗时期），宋代诗人。

**【题解】**

临安，南宋都城，今浙江杭州。邸，旅店。本诗题写在这家旅店的墙壁上。诗人讽刺南宋统治者醉生梦死，偏安一隅，早已忘了中原的沦陷。

**【注释】**

①休：停止。　②直：简直。汴州：北宋都城，今河南开封。

# 约 客

赵师秀

黄梅时节家家雨<sup>①</sup>，青草池塘处处蛙。
有约不来过夜半，闲敲棋子落灯花<sup>②</sup>。

**【作者简介】**

赵师秀（1170—1219），宋代诗人。他的诗笔法轻巧，较少用典。尤其擅长五律。

**【题解】**

约客，约朋友来家做客。初夏的雨夜，蛙声阵阵，客人许久不至，诗人在焦急盼望之中有些无聊和无奈。

**【注释】**

①黄梅时节：立夏后梅子黄熟，是江南的多雨时节。　②闲敲棋子落灯花：无聊地敲着棋子，声音震落了灯花。

# 乡村四月

翁 卷

绿遍山原白满川①，子规声里雨如烟②。
乡村四月闲人少，才了蚕桑又插田③。

**【作者简介】**

翁卷（生卒年不详），宋代诗人。他的诗清新自然。

**【题解】**

四月的江南风光十分美丽，绿山白水，鸟语花香；四月的江南农村非常忙碌，采桑养蚕，下田插秧。

**【注释】**

①山原：山地和平原。白满川：指河水上涨，一片白茫茫。一说稻田如同平地。水映天光，银光闪闪。
②子规：杜鹃鸟。雨如烟：细雨像烟雾一样。
③了：结束。插田：下田插秧。

# 寒 夜

杜 耒

寒夜客来茶当酒，竹炉汤沸火初红①。
寻常一样窗前月②，才有梅花便不同。

**【作者简介】**

杜耒（?—1225），宋代诗人。

**【题解】**

老朋友于寒冬之夜来访，主客二人喝茶聊天，气氛热烈。窗前月下，梅花初放，散发着淡淡的香气。月光、火光互相映照，茶香、花香交相扑鼻。流露出欢迎老朋友来访的喜悦心情。

**【注释】**

①竹炉：火炉，得名于炉外套以竹篾。汤：热水。
②寻常：平常。

# 村　晚

### 雷　震

草满池塘水满陂，山衔落日浸寒漪①。
牧童归去横牛背②，短笛无腔信口吹③。

**【作者简介】**

雷震（生卒年不详），宋代诗人。

**【题解】**

这首诗意蕴丰富，诗中有画，诗中有声，我们仿佛看到了江南农村优美的田园风光，仿佛听到了牧童随口吹奏的不成曲调的短笛声。

**【注释】**

①衔：含。漪：水波。　②横牛背：横坐在牛背上。　③腔：曲调。

# 游园不值

叶绍翁

应怜屐齿印苍苔①，小扣柴扉久不开②。
春色满园关不住，一枝红杏出墙来。

**【作者简介】**

叶绍翁（生卒年不详），宋代诗人。擅长七言绝句，诗意含蓄轻巧。

**【题解】**

不值，不遇，指主人不在家。这首诗景小意深，古今传诵，后两句既描绘了园中的盎然春色，又揭示了朴素而深刻的哲理。

**【注释】**

①屐齿：指木鞋底的高齿。印：留下痕迹，这里指践踏。苍苔：地上的苔藓。主人爱惜苍苔，怕踏上鞋印，于是关闭柴门。　②小扣：轻敲。扣，同"叩"。柴扉：篱笆门。

# 春暮游小园

## 王　淇

一从梅粉褪残妆①，涂抹新红上海棠②。
开到荼蘼花事了③，丝丝天棘出莓墙④。

**【作者简介】**

王淇（生卒年不详），宋代诗人。

**【题解】**

诗人在四句诗中，分别描写了梅花、海棠、荼蘼、天棘等四种植物的更迭变化，表明春天将要结束，夏日即将来临。

**【注释】**

①褪残妆：指梅花凋谢。　②上海棠：指海棠花接着开放。　③荼蘼：花名。花事了：春天的花都开完了。　④天棘：即天门冬，攀援草本植物。莓：苔藓。

# 溪桥晚兴

郑 协

寂寞亭基野渡边，春流平岸草芊芊①。
一川晚照人闲立，满袖杨花听杜鹃②。

**【作者简介】**

郑协（生卒年不详），宋代诗人。

**【题解】**

这首诗是诗人闲立晚照中的感兴，诗人通过描写溪桥晚景和联想"不如归去"的杜鹃啼声，表达了客居他乡时的落寞心情。

**【注释】**

①春流平岸：春水上涨，几乎与岸平。芊芊：草木茂盛的样子。 ②杜鹃：鸟名，又名杜宇、子规，相传为古蜀王杜宇之魂所化。春末夏初，常昼夜不停地啼叫，听来好像"不如归去"的声音。

# 溪 上

### 刘 因

坐久苍苔如见侵①，携筇随水就轻阴②。
松声似厌滩声小③，云影旋移山色深④。

**【作者简介】**

刘因（1249—1293），元代诗人。他的诗风格多样，
有的沉郁刚健，有的清淡素雅。

**【题解】**

诗人久久地流连在小溪边，身上好像渐渐染上了
苍苔的绿色。听着松声和水声交响和鸣，看着云彩飘
浮流动，山色忽明忽暗，他深深地陶醉在大自然之中。

**【注释】**

①见：被。侵：染上。　②筇：一种竹子，借指
竹子做的拐杖。就：趋向。轻阴：淡淡的树阴。
③厌：不满意。滩声：溪水声。　④旋：立刻。

# 白　梅

## 王　冕

冰雪林中著此身①，不与桃李混芳尘②。
忽然一夜清香发③，散作乾坤万里春④。

**【作者简介】**

　　王冕（1287—1359），元代画家、诗人。出身农家，自学成才，擅长画梅花。诗风自然朴直，气骨高奇。

**【题解】**

　　白梅生长在冰天雪地中，高洁脱俗，与众不同。梅花的清香远播万里，遍布天地，呼唤着春天的到来。诗是咏梅，也是诗人的自白。

**【注释】**

　　①此身：指白梅。　　②混芳尘：混杂在人世间。③清香发：指梅花开放，香气传播。　　④乾坤：指天地。

# 墨 梅

#### 王 冕

我家洗砚池头树①，朵朵花开淡墨痕②。
不要人夸颜色好，只留清气满乾坤。

**【题解】**

这是一首题画诗。墨梅是用水墨画的梅花，画面上只有黑、白两种颜色，没有五彩缤纷的色调。梅花清高的品格，是诗人自身的写照。墨梅是用毛笔画成的，诗人却说梅树长在洗砚池边，所以开出的梅花被池水染上了黑色，语句幽默。

**【注释】**

①我家：这里指晋代书法家王羲之。诗人与王羲之同姓，又都是浙江绍兴人，所以这样称呼。洗砚池：相传王羲之在池边学书法，在池水里洗毛笔，池水都变成黑色了。 ②淡墨：水墨画中将墨色分成几种，有淡墨、浓墨、焦墨等。痕：痕迹。

# 海乡竹枝词其一

杨维桢

潮来潮退白洋沙①，白洋女儿把锄耙②。
苦海熬干是何日③，免得侬来爬雪沙④。

**【作者简介】**

　　杨维桢（1296—1370），元代诗人。论诗主张写个人性情，古乐府诗奇丽雄健，七言绝句清新优美。

**【题解】**

　　海乡，指居住在海边的人家。竹枝词，乐府名，本来是巴渝（今四川、重庆）一带的民歌，后来文人也多用这一体裁，抒写地方风俗。形式都是七言绝句，语言通俗。这组《海乡竹枝词》共四首，这是第一首，写海边的女儿用海水煮盐，工作辛苦，盼望着能够早日脱身苦海。

**【注释】**

　　①白洋：地名，在今浙江东部沿海一带。　②把：

用手握住。锄耙：聚拢和疏散盐堆的长柄工具，一端有木齿或竹齿。　③苦海：语义双关，既指味苦的海水，又指盐民的辛苦生活。熬：长时间地煮。　④雪沙：指像雪一样白的盐堆。

# 石灰吟

于　谦

千锤万击出深山，烈火焚烧若等闲<sup>①</sup>。
粉骨碎身全不怕，要留清白在人间。

**【作者简介】**

于谦（1398—1457），明代政治家、诗人。诗歌作品多爱国忧民，表现坚定的意志与乐观的精神，风格朴质刚劲。

**【题解】**

这是诗人少年时代的作品，他用石灰作比喻，表达自己坚贞不屈的节操，宁愿粉身碎骨，也要在人间留下清白的品格。

**【注释】**

①若：好像。等闲：平常。

# 夏口夜泊别友人

李梦阳

黄鹤楼前日欲低，汉阳城树乱乌啼①。
孤舟夜泊东游客②，恨杀长江不向西③。

**【作者简介】**

李梦阳（1473—1530），明代诗人。倡导诗文复古，
诗风慷慨苍凉。

**【题解】**

夏口，古城名，在今湖北武汉的蛇山上。诗写西
下的太阳和乱啼的乌鸦，都好像舍不得友人离去。诗
人忽发奇想，如果长江西流的话，友人东游的船不就
不会走得那么快了吗？

**【注释】**

　①汉阳：在今湖北汉水下游南岸，长江以北，与武昌隔江相对，今同属武汉市。　②东游客：乘船东下的友人。　③恨杀：恨极了。

# 竹枝词其四

## 袁宏道

侬家生长在河干①，夫婿如鱼不去滩②。
冬夜趁霜春趁水③，芦花被底一生寒④。

**【作者简介】**

　袁宏道（1568—1610），明代诗人。他的诗抒发真情，清新活泼。

**【题解】**

　这组《竹枝词》共四首，作于诗人经过湖南安乡时，描写当地风俗，这是第四首。诗人用渔民妻子的口吻，怨叹渔民为了生活，长年累月，白天黑夜地逗留在河边，夫妻难得团圆。

**【注释】**

①河干：河边。　②去：离开。　③冬、春：概指一年四季。趁：追逐，赶。　④芦花被底一生寒：妻子一辈子独守空房。芦花，芦苇花，晒干后，穷人家可以用作棉絮。

# 真州绝句其四

## 王士禛

江干多是钓人居①，柳陌菱塘一带疏②。
好是日斜风定后③，半江红树卖鲈鱼④。

**【作者简介】**

王士禛（1634—1711），清代诗人。后人避清世宗讳，改名士正，乾隆时又赐名士禛。他的诗擅长抒情写景，意境淡远，韵味含蓄，语言流利，七绝的成就最高。

**【题解】**

真州，即今江苏仪征，在长江北岸，城南沿江一带，风景幽美。《真州绝句》组诗共五首，描写江南风物，这是第四首。秋天的傍晚，夕阳西下，微风吹拂，渔家居住的地方，绿柳红树，菱池荷塘，江边卖鱼人正在忙着卖鲈鱼。

**【注释】**

　　①江干：江边。钓人居：渔民居住的地方。
②柳陌：种有柳树的小路。菱塘：长着菱荷的池塘。疏：指房舍稀疏。　③好是：最美的是。　④半江红树卖鲈鱼：西斜的太阳照在树上，树的倒影染红了半条江水，江边三三两两的人正在卖鲈鱼。红树，指枫树之类，秋天时树叶经霜，变成红色。

# 蒙　阴

#### 厉　鹗

冲风苦爱帽檐斜①，历尾无多感岁华②。
却向东蒙看霁雪③，青天乱插玉莲花④。

**【作者简介】**

厉鹗（1692—1752），清代诗人。诗风幽逸清奇。

**【题解】**

蒙阴，今属山东。在一年将尽的时候，诗人感慨时光的流逝，更加珍惜生命的美好。

**【注释】**

①冲风：顶着风。苦爱：很喜欢。　②历尾：历书的末尾。岁华：时光，年华。　③东蒙：蒙山也称东蒙山，在山东蒙阴。霁：雪后转晴。　④玉莲花：戴雪的山峰像一朵朵盛开的白莲花。

# 竹　石

## 郑　燮

咬定青山不放松，立根原在破岩中①。
千磨万击还坚劲，任尔东西南北风②。

**【作者简介】**

郑燮（1693—1765），清代诗人、画家、书法家。"扬州八怪"之一。他的诗言情述事，以白描取胜，朴素通畅。

**【题解】**

这是一首题画诗。诗人以拟人化的手法，描写了竹子立根坚定的外在形态和顶风冒雪的内在品格，表现了诗人坚贞的操守和鲜明的个性。

**【注释】**

①原：本来。破岩：破裂的石缝。　②任：听凭。尔：你。

# 新　雷

张维屏

造物无言却有情①，每于寒尽觉春生②。
千红万紫安排著③，只待新雷第一声④。

**【作者简介】**

张维屏（1780—1859），清代诗人。在鸦片战争时期，写下一系列洋溢着爱国热情的作品。

**【题解】**

这首诗作于道光四年（1824）早春。诗人对春天即将到来充满着喜悦的感情，言外之意，也包含着对社会变革的渴望。

**【注释】**

①造物：创造万物者。古人以为万物是天造的，所以称天为"造物"。　②每：往往。觉：觉察，感到。　③千红万紫：颜色艳丽的各种鲜花。　④新雷：春雷。

# 己亥杂诗其五

龚自珍

浩荡离愁白日斜①，吟鞭东指即天涯②。
落红不是无情物③，化作春泥更护花④。

**【作者简介】**

龚自珍（1792—1841），清代诗人。他的诗想象奇特，瑰丽雄奇。

**【题解】**

己亥，道光十九年（1839）。这一年龚自珍辞去官职，离开北京，返回故乡浙江杭州，途中共写了三百一十五首七绝，总题《己亥杂诗》。这是第五首，写离京时的心情。一离开京城，就等于到了天涯，成了孤臣游宦。诗人以落花自喻，表达甘愿牺牲自己、培植新生力量的高尚品格和坚强意志。

**【注释】**

①浩荡：形容离愁的弥漫无边。　②吟鞭：诗人的鞭子。东指：诗人从北京外城东门广渠门出城。③落红：落花。　④护：保护，培育。

# 己亥杂诗其一百二十五

龚自珍

九州生气恃风雷①，万马齐喑究可哀②。
我劝天公重抖擞③，不拘一格降人才④。

**【题解】**

诗人经过江苏镇江，恰逢当地举行祈祷玉皇、风神、雷神的庙会，有道士请他撰写祝祷文字。他借题发挥，写下这首不朽的名作，意欲呼唤疾风迅雷，打破死气沉沉的专制统治局面，渴望出现各种各样的人才。

**【注释】**

①九州：代指中国。恃：倚仗，凭借。　②万马齐喑：苏轼《三马图赞引》说：宋代时，西域向宋皇帝进献一匹高头大马，牵入马棚时，一声长嘶，马棚里其他马的叫声顿时显得低哑微弱。喑，哑。
③天公：老天爷。重抖擞：重新振作起来。　④不拘一格：打破常规，多种多样。

# 狱中题壁

谭嗣同

望门投止思张俭①，忍死须臾待杜根②。
我自横刀向天笑，去留肝胆两昆仑③。

**【作者简介】**

谭嗣同（1865—1898），清代思想家、诗人。他的诗多抒发壮志，意趣豪迈。

**【题解】**

这是诗人的绝命诗。1898年"戊戌变法"失败时，谭嗣同被捕入狱，慷慨就义。这首诗写于狱中，表现了诗人以身许国、从容赴难的精神和唤醒民众、继承事业的期望。

**【注释】**

①望门投止：看见有人家就去投宿，形容逃亡者惶急不安的样子。张俭：东汉人，因弹劾宦官，被诬蔑为结党营私，朝廷下令通缉，他被迫逃亡。这里以

张俭比喻"戊戌变法"失败后逃亡的康有为、梁启超等人。 ②杜根：东汉人，上书要求邓太后还政于安帝，邓太后下令将他装在口袋里摔死，幸亏执刑的人相救，得以逃身民间。邓太后死后，他才回京城做官。这里以杜根比喻没有出逃的志士。 ③肝胆：比喻真诚的心意。两昆仑：据梁启超《饮冰室诗话》，一位指康有为，一位指谭嗣同的朋友侠客大刀王五。昆仑，即昆仑山，在今新疆、西藏、青海一带。这里比喻出类拔萃的人物。

# 五言律诗

## 送杜少府之任蜀州

王 勃

城阙辅三秦①，风烟望五津②。
与君离别意，同是宦游人③。
海内存知己，天涯若比邻④。
无为在歧路⑤，儿女共沾巾⑥。

【作者简介】

王勃（650—676），唐代诗人。诗风高华爽朗，在
"初唐四杰"中最为杰出。

【题解】

杜少府，名不详。少府，是当时县尉的通称。之
任，赴任。蜀州，指今四川。这首诗在对朋友的勉慰
中，表现出作者的少年气概和志在四方的襟抱。"海
内"、"天涯"一联，情调积极乐观，深情与哲理交融。

**【注释】**

①城阙：长安的城郭宫阙，是送别之地。阙，皇宫门前的望楼。辅：护卫。三秦：今陕西一带，原为秦国旧地，项羽灭秦后将其地分为雍、塞、翟三个部分，所以叫三秦。此句说三秦之地护卫着长安。　②风烟望五津：遥望蜀中岷江的五大渡口，但见风烟迷茫，暗指杜少府的行程很远。　③宦游人：出外做官，远游他乡的人。　④比邻：近邻。古时五家为比。　⑤无为：不要。歧路：分岔的道路。　⑥沾巾：泪湿佩巾。

# 望月怀远

### 张九龄

海上生明月，天涯共此时①。
情人怨遥夜②，竟夕起相思③。
灭烛怜光满④，披衣觉露滋⑤。
不堪盈手赠⑥，还寝梦佳期⑦。

**【作者简介】**

张九龄（678—740），唐代诗人。他的五言诗情致深婉，风格清淡。

**【题解】**

　　怀远，思念远方的亲人。这首诗将望月和怀人融成一片，深挚、淡雅、明朗。首联尤其脍炙人口。

**【注释】**

　　①天涯：极远的地方。　②情人：多情的人。这里兼指作者和所思的友人。遥夜：漫长的夜晚。③竟夕：整夜。　④灭烛怜光满：熄灭了蜡烛，更爱满屋柔美的月光。　⑤露滋：露水多。　⑥不堪：不能。盈手：满把。　⑦还寝梦佳期：不如回去做一个梦，梦见相会的欢乐时刻。

# 过故人庄

## 孟浩然

故人具鸡黍①，邀我至田家。
绿树村边合②，青山郭外斜③。
开轩面场圃④，把酒话桑麻⑤。

待到重阳日，还来就菊花⑥。

**【题解】**

这首诗写应邀去田家做客。诗人以清淡自然的语言，将幽美的乡村风光、纯真的朋友情谊、浓郁的田家生活气息融为一体。

**【注释】**

①具：备办。黍：黄小米。　②合：环绕。③郭：外城。　④轩：窗。面：对着。场圃：晒谷场和菜园子。　⑤把酒话桑麻：端着酒杯，漫谈农事。这句化用晋代陶渊明《归园田居》"相见无杂言，但道桑麻长"的诗意。　⑥就：亲近。

## 次北固山下

### 王　湾

客路青山外①，行舟绿水前。
潮平两岸阔，风正一帆悬。
海日生残夜②，江春入旧年③。

乡书何处达④，归雁洛阳边⑤。

**【作者简介】**

王湾（生卒年不详），唐代诗人。他成名早，现在存诗十首。

**【题解】**

次，到达、停宿。北固山，在今江苏镇江北，下临长江。诗人在岁暮腊残行舟江上，他把眼前的壮丽景象和心中的思乡情思生动自然地抒写出来，竟在无意中显示出"盛唐气象"。特别是第三联，描写海上日出和江中春意，仿佛是新生命的积极运动。

**【注释】**

①客路：指作者要去的路。青山：指北固山。
②海日生残夜：一轮红日冲破残夜从海上冉冉升起。
③江春入旧年：江上的春意提早进入了旧年。　④乡书：家信。　⑤归雁：北归的大雁。洛阳：作者的家乡。汉代有雁足传书的故事，所以诗人有托雁捎信的联想。

# 使至塞上

王 维

单车欲问边①，属国过居延②。
征蓬出汉塞③，归雁入胡天④。
大漠孤烟直⑤，长河落日圆⑥。
萧关逢候骑⑦，都护在燕然⑧。

## 【题解】

这首诗是王维出使边塞的途中写的。诗人捕捉住塞外最鲜明的景色特点，又精心锤炼出"直"、"圆"二字，以简练有力的线条，真切地再现了大漠的苍凉、荒寂、奇丽、壮阔，被近人王国维在《人间词话》中誉为"千古壮观"。

## 【注释】

①单车：轻车简从。问边：慰问边防将士。
②属国：附属国。居延：在今甘肃张掖西北。 ③征蓬：随风远飞的蓬草，常用来比喻行旅飘泊的人。
④归雁：春天从南方北飞的大雁。 ⑤孤烟：狼烟。

唐代在边地设戍所，用狼粪点烟，取其直而聚，风吹不斜，以示平安。　⑥长河：这里指弱水，俗称黑河，发源于张掖，注入居延海，全长一千余里。
⑦萧关：地名，在今宁夏固原东南。候骑：侦察骑兵。
⑧都护：唐代边疆设置都护府，其长官为都护。燕然：燕然山，又名杭爱山，在今蒙古国境内。东汉车骑将军窦宪大破北匈奴，登燕然山，刻石记功。这里指最前线。

## 汉江临眺

### 王　维

楚塞三湘接①，荆门九派通②。
江流天地外，山色有无中。
郡邑浮前浦③，波澜动远空。
襄阳好风日，留醉与山翁④。

【题解】

　　汉江，即汉水，在武汉流入长江。临眺，临江眺望。诗人从自己的印象和感觉着笔，渲染汉江壮阔浩淼和沿江山色似有似无，表现汉江汹涌奔腾的气势，好像展现一幅境界雄伟的水墨山水画。看到这如画风景，诗人也想与山翁一道，留在这里畅饮酣醉。

**【注释】**

①楚塞：楚国的边塞。襄阳、荆门一带，古代是楚国的边塞。三湘：湘水合漓水称漓湘，合蒸水称蒸湘，合潇水称潇湘，所以叫三湘。　②荆门：山名，在今湖北宜都西北，长江南岸，与北岸虎牙山相对。九派：指长江的九条支流。　③郡邑：州郡所在的城市，这里指襄州襄阳（今属湖北）。　④山翁：西晋名士山简，曾任征南将军，镇守荆襄，嗜好饮酒。这里借指当时襄阳的地方官。

# 终南山

### 王　维

太乙近天都①，连山到海隅②。
白云回望合，青霭入看无③。
分野中峰变④，阴晴众壑殊⑤。
欲投人处宿，隔水问樵夫⑥。

**【题解】**

　　终南山，秦岭山脉的一段，在唐京都长安（今陕西西安）城南约四十里处。这首诗从各个不同的角度描绘终南山高远雄伟的气象。三、四句写深山云雾变幻，非常真切。最后两句写他隔水问路，更显出山的高大与幽寂。

**【注释】**

　　①太乙：终南山的主峰，代指终南山。天都：天帝所居之处，一说指京城长安。　②海隅：海边。③青霭：青色的云雾。　④分野：古代天文家将天上星辰的位置与地上州郡区域相对应，称某地为某星的分野。中峰变：指山很广阔，中峰南北属于不同州界。⑤壑：山谷。　⑥樵夫：打柴的人。

# 渡荆门送别

### 李　白

渡远荆门外①，来从楚国游②。
山随平野尽，江入大荒流③。

月下飞天镜④，云生结海楼⑤。
仍怜故乡水⑥，万里送行舟。

**【题解】**

　　荆门，山名，在今湖北宜都西北，长江南岸。送别，不是送别朋友，而是江水送别李白。李白二十五岁那年，告别故乡四川，出三峡，渡荆门。这首诗写江山景色，想象瑰丽，笔调雄放，表达出诗人眷恋故乡又向往新的人生的青春热情。

**【注释】**

　　①渡远：乘船远行。　②楚国：指今湖北一带，春秋时属楚国。　③大荒：辽阔的荒野。　④月下飞天镜：晚上，江面平静时，俯视水中月影，好像是天上飞下来的明镜。　⑤云生结海楼：白天，仰望天空，云彩变幻莫测，形成了海市蜃楼般的奇景。⑥仍：又，频。故乡水：长江自四川向东流。李白是四川人，所以称长江为"故乡水"。

# 秋登宣城谢朓北楼

## 李 白

江城如画里①，山晚望晴空②。
两水夹明镜③，双桥落彩虹④。
人烟寒橘柚，秋色老梧桐⑤。
谁念北楼上，临风怀谢公⑥。

【题解】

宣城，今属安徽。谢朓北楼，在宣城城北陵阳山上，是南齐诗人谢朓（464—499）任宣城太守时所建，又名谢公楼。李白晚年再度游宣城，登楼眺望，深情缅怀他所仰慕的前代诗人。诗中展现江城瑰丽如画的景色，景中含情，诱人遐想。

【注释】

①江城：指宣城。 ②山：指宣城附近的陵阳山、敬亭山等。 ③两水：指宛溪、句溪，在城东合流。 ④双桥：宛溪上有凤凰、济川二桥。 ⑤人烟寒橘柚，秋色老梧桐：傍晚的炊烟缭绕，使橘柚带

着苍寒之色；在这深秋时节，梧桐树也显得苍老了。
⑥谁念北楼上，临风怀谢公：有谁能够理解我登上北
楼、迎着秋风怀念谢公的心情呢？

# 送友人

## 李 白

青山横北郭，白水绕东城。
此地一为别①，孤蓬万里征。
浮云游子意②，落日故人情③。
挥手自兹去，萧萧班马鸣④。

【题解】

　　这首送别诗以"青山"、"白水"、"浮云"、"落日"
等景物衬托别意，表现了对友人真挚的感情。挥洒自
如，节奏明快，对仗自然。

【注释】

　　①一：一旦，一经。　②游子：指友人。
③故人：诗人自指。　④萧萧：马鸣声。班马：离群的马。

# 月 夜

### 杜 甫

今夜鄜州月①，闺中只独看②。
遥怜小儿女，未解忆长安③。
香雾云鬟湿，清辉玉臂寒④。
何时倚虚幌⑤，双照泪痕干。

**【题解】**

    这首诗是杜甫被安史叛军拘禁在长安期间写的。全篇句句从月色中照出，细致地表现他和妻子在月下的心灵感应，写得深挚感人。

**【注释】**

    ①鄜州：今陕西富县。当时杜甫的妻小寄居在鄜州羌村。  ②闺中：指妻子。  ③遥怜小儿女，未解忆长安：远念我那几个幼小的儿女，还不懂得挂念身陷长安的父亲呢。  ④香雾云鬟湿，清辉玉臂寒：妻子长时间在月下想念我，夜雾打湿了头发，手臂也该感觉寒冷了。香雾，因为"云鬟"有香，所以雾也

香。云鬓，高耸的发髻。玉臂，洁白的手臂。　⑤虚
幌：轻薄透明的帷幔。

# 春 望

## 杜 甫

国破山河在①，城春草木深。
感时花溅泪，恨别鸟惊心②。
烽火连三月③，家书抵万金④。
白头搔更短，浑欲不胜簪⑤。

【题解】

　　这首诗是杜甫被安史叛军拘禁在长安期间写的。
诗人春日眺望沦陷的京都，一片荒凉。诗中将忧国与
思家的感情交融起来抒写，沉郁悲怆，撼人心魄。

【注释】

　　①国：指国都长安。山河在：山河依旧。
②感时花溅泪，恨别鸟惊心：历来有两种解释，一说
是句中省略了"看"、"听"二字，意为感伤时局，看

见花朵而流泪；怅恨别离，听到鸟声而心惊。一说是
把花、鸟拟人化了，意为感伤时局，花也流泪；怅恨
别离，鸟也心惊。时，指时事、时局。　③烽火：古
代边境报警的烟火，这里代指战争。连三月：一连三
个月，整个春天。一说"三月"指季春三月，意即战
争从去年三月打到今年三月。　④抵：相当，抵得
上。　⑤浑欲：简直要。胜：承受。簪：古代男子也
留长发，要用簪子固定。

# 月夜忆舍弟

### 杜　甫

戍鼓断人行①，边秋一雁声②。
露从今夜白③，月是故乡明。
有弟皆分散，无家问死生④。
寄书长不达⑤，况乃未休兵⑥。

【题解】

　　舍弟，对自己弟弟的谦称。乾元二年（759）秋天，
杜甫客居秦州（今甘肃天水）。当时，山东、河南都

处于战乱之中，杜甫的几个弟弟离散在这一带。这首诗把他在月夜怀念弟弟、忧国伤时的心事抒写得深挚沉痛。三、四句融情入景，凝练警策，是脍炙人口的名句。

**【注释】**

①戍鼓：戍楼上的更鼓。戍，驻防。　②边秋：一作"秋边"，秋天的边境。　③露从今夜白：在这白露的夜晚，露珠格外白亮，使人顿感寒冷。白露，二十四节气之一，在阳历9月8日前后。④有弟皆分散，无家问死生：弟兄分散，天各一方，生死不明，家早已破碎了。　⑤长：一直，老是。⑥休：停止。兵：指战争。

# 春夜喜雨

### 杜　甫

好雨知时节①，当春乃发生。
随风潜入夜，润物细无声。
野径云俱黑②，江船火独明。

晓看红湿处，花重锦官城③。

**【题解】**

这是杜甫在成都草堂生活期间写的。诗人深情赞美春雨无声润物、不求人知的高尚品格。全篇无"喜"字，喜悦之情却洋溢在字里行间。

**【注释】**

①时节：时令，节气。　②野径：乡间小路。③花重：繁花盛开，沉甸甸地压弯了花枝。锦官城：即今四川成都。三国时蜀汉曾在这里设置管理织锦的官署，所以称"锦官城"，简称"锦城"。

# 喜见外弟又言别

李　益

十年离乱后①，长大一相逢。
问姓惊初见，称名忆旧容。
别来沧海事②，语罢暮天钟。
明日巴陵道③，秋山又几重。

**【作者简介】**

李益（748—827），唐代诗人。他兼工各体，有不少表现边塞生活的七绝佳作。

**【题解】**

外弟，表弟。这首诗写诗人与表弟久别重逢，抒发了对社会动乱、人生聚散的深沉感慨。三、四句描绘两人的情态，层次清晰，细腻传神。

**【注释】**

①十年离乱：在十年的大动乱中彼此分离。唐玄宗天宝十四年（755）爆发了安史之乱，其后又是藩镇混战，外族入侵，到代宗广德元年（763）方才平定。

②沧海事：指沧海桑田，比喻世事的巨大变化。

③巴陵道：巴陵路上。巴陵，唐郡名，治所在今湖南岳阳。这是诗人的表弟将要去的地方。

# 赋得古原草送别

### 白居易

离离原上草<sup>①</sup>，一岁一枯荣<sup>②</sup>。
野火烧不尽，春风吹又生。
远芳侵古道<sup>③</sup>，晴翠接荒城<sup>④</sup>。
又送王孙去，萋萋满别情<sup>⑤</sup>。

**【题解】**

　　赋得，古人凡是依照指定、限定的题目作诗，都在诗题上加"赋得"二字，即"赋"诗"得"题的意思。这是白居易青年时期的作品。诗人借咏野草来抒发离别的感情。对仗工整又气势流走，歌颂了野草顽强的生命力，蕴含深刻的人生哲理。

**【注释】**

　　①离离：繁密茂盛的样子。　②一枯荣：一度枯萎，又一度茂盛。　③远芳：散播得很远的草香。④晴翠接荒城：青翠的草色，连接着荒僻的城镇。⑤又送王孙去，萋萋满别情：这两句化用《楚辞·招隐士》

"王孙游兮不归，春草生兮萋萋"句意。王孙，本意指贵族
的后代，这里泛指远离家乡的人。萋萋，春草茂盛的样子。

## 题扬州禅智寺

杜 牧

雨过一蝉噪①，飘萧松桂秋②。
青苔满阶砌③，白鸟故迟留④。
暮霭生深树⑤，斜阳下小楼。
谁知竹西路，歌吹是扬州⑥。

**【题解】**

扬州，今属江苏。禅智寺，又名上方寺、竹西寺，
在扬州城东十五里。这首诗是杜牧到禅智寺探视患病
的弟弟时写的。诗人巧妙地以反衬手法表现寺院的冷
寂与幽暗，含蓄地透露自己忧弟病、伤前程的心境，
全诗在凄清中仍显出作者特有的明净俊爽的风致。

**【注释】**

①雨过一蝉噪：暗用南朝梁代诗人王籍《入若耶

溪》"蝉噪林逾静"句意，以动衬静。 ②飘萧松桂秋：在风中摇曳的松枝、桂树也显出了萧瑟秋意。③阶砌：台阶。 ④故：故意。迟留：淹留，逗留。⑤暮霭：傍晚的云气。 ⑥谁知竹西路，歌吹是扬州：从竹西路传来喧闹的歌声与器乐声，有谁知道那就是市井繁华的扬州呢！竹西路，在禅智寺前官河北岸。歌吹，歌声与器乐声。

# 晚 晴

李商隐

深居俯夹城①，春去夏犹清②。
天意怜幽草③，人间重晚晴。
并添高阁迥④，微注小窗明⑤。
越鸟巢干后⑥，归飞体更轻。

【题解】

诗中写景，精切工致，明净清新，在晚晴景色中融入了身世之感和对前途的乐观态度。

**【注释】**

①深居：幽居，指诗人在桂林的寓所。俯：下临，俯视。 ②夏犹清：初夏天气仍然清和宜人。 ③怜：怜惜。 ④并添高阁迥：雨后在高高的楼阁上眺望，视野开阔，高阁似乎更高了。并，更。迥，远。 ⑤微注小窗明：雨后的夕阳淡淡地照射在小窗上，给室内带来一点光明。注，投射。 ⑥越鸟：南方越地的鸟。诗人所在的桂林，古称百越之地。雨后新晴，连越鸟飞起来也轻松了。

# 商山早行

温庭筠

晨起动征铎<sup>①</sup>，客行悲故乡。
鸡声茅店月，人迹板桥霜<sup>②</sup>。
槲叶落山路<sup>③</sup>，枳花明驿墙<sup>④</sup>。
因思杜陵梦<sup>⑤</sup>，凫雁满回塘<sup>⑥</sup>。

**【作者简介】**

温庭筠（812—870），唐代诗人。精通音律，工诗擅词。他的诗辞藻浓艳，也有清丽的佳作。

**【题解】**

商山，在今陕西商县东南。第二联用精心选择的十个景物名词，巧妙地组合成一幅有声有色的早行图画，使道路辛苦、羁愁旅思溢于言表。

**【注释】**

①动：响动。铎：车马的铃铛。　②鸡声茅店月，人迹板桥霜：晨鸡已鸣，一钩残月还斜在茅店上方；行人启程了，足迹印在板桥上面的白霜上。③槲：落叶乔木。叶片冬天虽枯，仍留枝上，早春树枝发芽时才脱落。　④枳：灌木或小乔木，春天开白花。驿墙：驿站的墙壁。　⑤杜陵：地名，在长安城南。作者曾在杜陵寓居，所以"杜陵梦"也就是故乡梦。　⑥凫：野鸭。回塘：堤岸曲折的池塘。

# 鲁山山行

梅尧臣

适与野情惬①，千山高复低。
好峰随处改，幽径独行迷②。

霜落熊升树，林空鹿饮溪③。
人家在何许④？云外一声鸡。

**【题解】**

　　鲁山，一名露山，在今河南鲁山东十八里。诗人用朴质无华的语言和自然洒脱的对仗，生动地描绘了鲁山的高低起伏、峰峦的变幻多姿、山路的曲折幽深、林中动物的自由自在、深山人家的远隔尘嚣，而诗人在山行途中心驰神往、迷惘困惑、闲静舒适、惊奇欣喜的情态，也同时跃然纸上。

**【注释】**

　　①适：恰。野情：爱好游赏大自然的性情。惬：适意。　②幽径：清静幽深的山间小路。　③霜落熊升树，林空鹿饮溪：霜落之后，树叶尽脱，山林显得空旷，从远处可以看到熊似在树端，鹿在溪边饮水。④何许：何处。

# 游大林

周敦颐

三月僧房暖<sup>①</sup>，林花互照明。
路盘层顶上，人在半空行。
水色云含白，禽声谷应清<sup>②</sup>。
天风拂襟袂，缥缈觉身轻<sup>③</sup>。

**【作者简介】**

周敦颐（1017—1073），宋代理学家、诗人。他爱好山水，长期隐居庐山（在今江西九江），诗多描绘山水，风格清淡。

**【题解】**

大林，即大林寺，在庐山香炉峰上。这首诗在写实中显出奇趣，也活现了诗人超然不凡的气度。

**【注释】**

①僧房：指寺院。　②水色云含白，禽声谷应清：山上潭水清澈，使倒映水中的云影十分洁白；禽

鸟的啼鸣声在山谷中回荡，显得格外清亮。　③襟
袂：衣襟和衣袖。缥缈：高远隐约的样子。

# 雨　过

### 周紫芝

池面过小雨，树腰生夕阳。
云分一山翠，风与数荷香①。
素月自有约②，绿瓜初可尝。
鸬鹚莫飞去③，留此伴新凉。

【作者简介】

　　周紫芝（1082—?），宋代诗人。他兼擅众体，多
写景咏物之作，风格爽利，不堆砌典故。

【题解】

　　这首诗写夏末傍晚雨后新晴的山乡景色。写得意
态生动，活泼可爱。全篇洋溢着诗人对大自然的亲切
感和愉悦感。笔调轻松，语言明快，风格清新。

**【注释】**

①云分一山翠，风与数荷香：雨过后还在飘浮的云雾，分得了一座山的青翠之色；凉风拂拂，好像与那几朵刚开的荷花一样清香。　　②素月：明洁的月亮。自有约：月亮自然会在约定的时间升起。　　③鸬鹚：水鸟名，俗叫鱼鹰。

# 白　菊

### 许廷鏷

正得西方气①，来开篱下花②。
素心常耐冷③，晚节本无瑕④。
质傲清霜色，香含秋露华⑤。
白衣何处去，载酒问陶家⑥。

**【作者简介】**

许廷鏷（生卒年不详），清代诗人。作诗严守唐宋格调，诗风绮丽，尤工五律、七绝。

**【题解】**

诗人勉己励人，要像白菊那样保持无瑕的晚节。全篇处处抓住白菊的个性特征来写。第二联句炼意丰，尤为警策；最后两句用事巧妙，饶有情趣。

**【注释】**

①西方气：代指秋气。古代以四时配四方，秋对应西方；又以五色（青赤白黑黄）配五方，白色是西方。所以"西方气"既指白菊得秋气而开放，又暗示它的"白"色。　②篱下花：代指菊花。化用东晋诗人陶渊明"采菊东篱下"句意。　③素心：白菊花蕊纯白，正如人有纯洁的心地。　④晚节：晚年的节操。深秋严寒，百花凋落，惟有菊花仍抱枝开放，正如人有晚节。　⑤香含秋露华：菊花因得到秋露浸润，有奇异清香。　⑥白衣：以白衣人比喻白菊。陶渊明隐居不仕，躬耕田园，特别喜欢菊花。南朝梁代萧统《陶渊明传》载，九月九日陶渊明坐在宅边菊丛中，忽然江州刺史王弘派人送酒来。这里用陶渊明的典故，表示白菊在陶家盛开，有陶渊明一样的高风亮节。

# 七言律诗

## 黄鹤楼

### 崔　颢

昔人已乘黄鹤去①，此地空余黄鹤楼。
黄鹤一去不复返，白云千载空悠悠②。
晴川历历汉阳树③，芳草萋萋鹦鹉洲④。
日暮乡关何处是⑤，烟波江上使人愁⑥。

【题解】

　　前四句借用传说故事，抒发登黄鹤楼时古今对比
的感受，信笔挥洒，一气呵成。后四句描写登楼时看
见的景物，抒发思念故乡的感情，江上烟波和心中愁
绪混融一片。相传诗人李白登黄鹤楼时，读到这首诗，
感叹说："眼前有景道不得，崔颢题诗在上头。"

【注释】

　　①昔人：指传说中的仙人。　②悠悠：白云飘
浮的样子。　③晴川：阳光照耀下的江水。历历：分

明的样子。汉阳：在武昌西北，与黄鹤楼隔江相望。
④萋萋：茂密的样子。鹦鹉洲：在武昌北面长江中，
后被江水冲没。　　⑤乡关：故乡。　　⑥烟波：雾气
苍茫的水面。

# 闻官军收河南河北

### 杜　甫

剑外忽传收蓟北<sup>①</sup>，初闻涕泪满衣裳<sup>②</sup>。
却看妻子愁何在<sup>③</sup>，漫卷诗书喜欲狂<sup>④</sup>。
白日放歌须纵酒<sup>⑤</sup>，青春作伴好还乡<sup>⑥</sup>。
即从巴峡穿巫峡，便下襄阳向洛阳<sup>⑦</sup>。

【题解】

　　宝应元年（762）冬，唐朝军队收复洛阳（今属河
南），追击河北。第二年正月，史思明的儿子史朝义兵
败自杀，叛军纷纷投降。到此为止，延续近八年的"安
史之乱"宣告平息。这时杜甫正流寓梓州（今四川三
台），听到喜讯，欣喜若狂，写下这首诗。他人远在四
川，心已经向往家园，喜悦的心情跃然纸上。八句诗

如奔流直泻，一气贯注，爽朗明快。后人称这首诗是杜甫"生平第一首快诗"。

**【注释】**

①剑外：指四川剑门关以南的地方，也称剑南。蓟北：泛指河北北部，这是安禄山、史思明叛军起兵的地方。蓟，今天津蓟县。 ②涕泪：眼泪。 ③却看：回头看。 ④漫卷：胡乱卷起。 ⑤纵酒：开怀畅饮。 ⑥青春作伴好还乡：有明媚的春光作伴，正好返回故乡。青春，春天。 ⑦即从巴峡穿巫峡，便下襄阳向洛阳：写想象中还乡的路线——从水路抵达襄阳，再从陆路前往故乡。巴峡，泛指今重庆境内长江中的江峡。巫峡，长江三峡中最长的，西起今重庆巫山，东到今湖北巴东。襄阳，今属湖北，杜甫先世为襄阳人。洛阳，那里有杜甫家的田园。

# 蜀 相

## 杜 甫

蜀相祠堂何处寻①，锦官城外柏森森②。

映阶碧草自春色，隔叶黄鹂空好音③。
三顾频烦天下计④，两朝开济老臣心⑤。
出师未捷身先死⑥，长使英雄泪满襟。

**【题解】**

蜀相，指诸葛亮。公元 221 年，刘备在蜀称帝，任诸葛亮为丞相。这首诗的前四句描写诸葛亮祠堂的景物，一片冷落荒凉，烘托出浓厚的凭吊氛围。后四句歌颂了诸葛亮建立的丰功伟业和报国忠心，深切地惋惜他壮志未酬，寄托了诗人建功立业的抱负和感时伤世的悲哀。

**【注释】**

①蜀相祠堂：即武侯祠，在今四川成都城南。一作"丞相祠堂"。　②柏森森：柏树茂盛的样子。唐代的时候，祠堂前有一株老柏树，相传是诸葛亮亲手种植的。　③映阶碧草自春色，隔叶黄鹂空好音：庭阶下的绿草，自然地呈现春色；树丛中的黄鹂，白白地婉转鸣叫。意思是丞相远逝，荒庙空存，连美好的春色和婉转的啼鸣也没人欣赏。　④三顾频烦天下

计：诸葛亮在隆中（今湖北襄阳西）隐居时，刘备曾经
三次前往他居住的草庐拜访，商量天下大事。顾，访
问。频烦，即频繁，多次。　　⑤两朝：指刘备和他的
儿子刘禅两代。开济：开创和辅助。　　⑥出师未捷身
先死：诸葛亮多次出师北伐曹魏，未能获得成功，含
恨病死在五丈原（今陕西岐山南）。捷，战胜。

# 江　村

## 杜　甫

清江一曲抱村流①，长夏江村事事幽②。
自去自来堂上燕，相亲相近水中鸥。
老妻画纸为棋局③，稚子敲针作钓钩④。
多病所需惟药物⑤，微躯此外更何求⑥？

【题解】

　　江村，指杜甫草堂所在的成都（今属四川）浣花
溪边。这首诗紧扣"江"、"村"二字，描写幽美恬静
的自然环境和安宁闲适的家居生活，流露出诗人自得
其乐的心情和潇洒流逸的韵致。三、四句写堂上燕子

来去自在，水中鸥鸟互相亲近，它们都和谐自得，这
是景物之"幽"。五、六句写老妻、幼子都各有乐趣，
自在悠闲，这是人事之"幽"。

**【注释】**

　　①清江：指浣花溪。抱：环绕。　　②事事幽：每
件事都显得安闲。　　③棋局：棋盘。　　④稚：幼小。
敲针作钓钩：把针敲弯，作钓鱼的鱼钩。　　⑤惟：只
是。　　⑥微躯：诗人自称的谦词。

## 左迁至蓝关示侄孙湘

### 韩　愈

一封朝奏九重天①，夕贬潮州路八千②。
欲为圣明除弊事③，肯将衰朽惜残年④！
云横秦岭家何在⑤？雪拥蓝关马不前。
知汝远来应有意⑥，好收吾骨瘴江边⑦。

**【题解】**

　　左迁，降职贬官。蓝关，即蓝田关，在今陕西蓝

田东南。侄孙湘，即韩湘，韩愈侄子韩老成的长子。元和十四年（819）正月，唐宪宗派人到凤翔（今属陕西）法门寺迎接佛骨，入宫供养。韩愈上《论佛骨表》劝谏，言辞尖锐，触怒宪宗，被贬官为潮州（今广东潮阳一带）刺史。这首诗写于韩愈南行途中，表达了为国除弊的决心，感慨深沉，风格悲壮。

**【注释】**

　①封：封缄物，多指书信、文书、奏章。这里指《论佛骨表》。奏：向皇帝上书。九重天：指皇帝。②贬：降职。路八千：约指唐朝京城长安（今陕西西安）到潮州的路程。　③圣明：指朝廷。弊事：弊政，指迎佛骨之类迷信佛教的事。　④肯：岂肯。衰朽：体弱老迈。韩愈这年已经五十二岁了。惜残年：爱惜自己残余的岁月。　⑤秦岭：这里指终南山，在今陕西西安南。　⑥汝：你，指韩湘。　⑦瘴江：指潮州韩江。当时岭南一带多瘴疠之气，所以称瘴江。

# 酬乐天扬州初逢席上见赠

刘禹锡

巴山楚水凄凉地①，二十三年弃置身②。
怀旧空吟闻笛赋③，到乡翻似烂柯人④。
沉舟侧畔千帆过，病树前头万木春。
今日听君歌一曲，暂凭杯酒长精神⑤。

## 【题解】

酬，酬答，回赠。乐天，白居易的字。扬州，今属江苏。席，酒宴。见赠，赠诗给我。宝历二年（826）冬，刘禹锡从和州（今安徽和县）返回洛阳，与白居易在扬州相遇。白居易作《醉赠刘二十八使君》七律一首赠刘禹锡，刘禹锡作这首诗回赠。诗篇借用典故抒发情怀，描写景物传达意绪，表现了失意惆怅的情绪，但仍有乐观旷达的精神。五、六两句表现了诗人开朗达观的情怀，被后人赋予乐观向上、积极进取的新意。

## 【注释】

①巴山楚水：指四川（含重庆）和湖北、湖南

一带。这里泛指诗人贬谪的地方。　②二十三年：
刘禹锡从被贬为连州（今属广东）刺史，到回到京城
时将跨进第二十三个年头。弃置：被贬斥在外。
③闻笛赋：晋人向秀经过故去的朋友嵇康、吕安的旧
居，听见邻人吹笛，不胜悲伤，写了一篇《思旧赋》。
④翻：反而。烂柯人：晋人王质进山打柴时，观看两
位童子下棋，等到棋下完了，他手里的斧柄已经朽烂
了。他回到村里，同辈人都已经死尽，才知道已经过
去了一百年。诗人用这个典故，表示暮年返乡，有恍
如隔世的感觉。柯，树枝，这里指斧柄。　⑤长：
增长，振作。


# 钱塘湖春行

### 白居易


孤山寺北贾亭西①，水面初平云脚低②。
几处早莺争暖树③，谁家新燕啄春泥④。
乱花渐欲迷人眼，浅草才能没马蹄。
最爱湖东行不足⑤，绿杨阴里白沙堤⑥。

**【题解】**

钱塘湖，即浙江杭州西湖。这首诗用细致入微的白描手法，写出西湖早春时节的盎然生机，表达了诗人对大自然的陶醉和喜爱。五、六句准确生动地描写出了江南早春百花争放、大地泛绿的景色。

**【注释】**

①孤山：西湖名胜之一，在里湖与外湖之间，孤峰独秀，景物清幽，山上有孤山寺。贾亭：即贾公亭，贾全任杭州刺史时建造。　②云脚：下雨或雨刚停时，接近地面的云。　③暖树：向阳的树。　④啄：鸟类用嘴取物。　⑤不足：不够，不满足。　⑥白沙堤：即白堤，又称沙堤，西湖著名景观之一，直通孤山。

# 无　题

### 李商隐

相见时难别亦难①，东风无力百花残②。
春蚕到死丝方尽③，蜡炬成灰泪始干④。
晓镜但愁云鬓改⑤，夜吟应觉月光寒⑥。

蓬山此去无多路⑦，青鸟殷勤为探看⑧。

**【题解】**

诗人抒写了浓郁的离别之恨和缠绵的相思之苦，表现了爱情的珍贵难得和对爱情的坚贞不渝。"春蚕到死丝方尽，蜡炬成灰泪始干"两句诗，极写生死不渝的爱情。历来传诵人口。

**【注释】**

①相见时难别亦难：第一个"难"是困难，第二个"难"为难堪、难舍。　②东风：春风。③丝：双关"相思"之"思"。　④泪：指烛泪，也隐喻相思的泪水。　⑤晓镜：早上起来，对镜梳妆。云鬓改：黑变白，借指年华流逝。云鬓，年轻女子浓密如云的头发。　⑥夜吟：夜里吟诗。　⑦蓬山：即蓬莱山，传说中仙人住的地方。　⑧青鸟：神话传说中为西王母传送信息的神鸟，后用来借指爱情使者。探看：探听消息，看望致意。

# 山中寡妇

杜荀鹤

夫因兵死守蓬茅①，麻苎衣衫鬓发焦②。
桑柘废来犹纳税③，田园荒后尚征苗④。
时挑野菜和根煮⑤，旋斫生柴带叶烧⑥。
任是深山更深处⑦，也应无计避征徭⑧。

## 【作者简介】

杜荀鹤（846—904），唐代诗人。他的诗多写社会
矛盾和民生疾苦，浅近通俗。

## 【题解】

山中寡妇孤苦伶仃，生活贫穷，却还要交纳繁重
的税收，想逃也逃不脱，封建统治阶级的剥削是多么
地残酷无情啊！

## 【注释】

①蓬茅：指茅草屋。　②麻苎：即苎麻，可以制
麻布的一种植物。鬓发焦：头发枯黄。　③柘：落叶

乔木，叶可养蚕。废：指种桑柘的田地已经荒废。纳
税：这里指交纳丝税。　④征苗：在粮食作物成熟
前就征收青苗税。　⑤时：经常。　⑥旋：临时。
斫：砍。　⑦任是：即使。　⑧无计：没办法。征
徭：指赋税和劳役。

# 贫　女

## 秦韬玉

蓬门未识绮罗香①，拟托良媒益自伤②。
谁爱风流高格调③，共怜时世俭梳妆④。
敢将十指夸针巧，不把双眉斗画长⑤。
苦恨年年压金线⑥，为他人作嫁衣裳。

**【作者简介】**

　　秦韬玉（生卒年不详），唐代诗人。诗风典丽工
整。

**【题解】**

　　贫苦人家的女儿虽然品格高尚，勤劳俭朴，但却

无人欣赏，欲嫁不能，只能年复一年地为别人制作出嫁的衣裳。诗人以贫女自比，抒发怀才不遇的牢骚和愤慨。

**【注释】**

①蓬门：蓬草编扎的门，这里代指贫穷人家。绮罗：有华丽图案的丝绸。　②拟：打算。良媒：好的媒人。益：更加，格外。伤：伤感。　③风流：风采举止。高格调：高尚的品格和情操。　④怜：喜爱，欣赏。时世俭梳妆：当时流行的不施脂粉的朴素打扮。⑤斗：较量。　⑥压：用手指按住，是刺绣的一种手法。金线：刺绣所用的彩色丝线。

# 戏答元珍

## 欧阳修

春风疑不到天涯①，二月山城未见花②。
残雪压枝犹有橘③，冻雷惊笋欲抽芽④。
夜闻归雁生乡思⑤，病入新年感物华⑥。
曾是洛阳花下客⑦，野芳虽晚不须嗟⑧。

**【题解】**

　　戏答，开玩笑地酬答。元珍，丁宝臣的字，当时任峡州（今湖北宜昌一带）判官。写这首诗的时候，诗人正贬官在峡州夷陵（今湖北宜昌东）任县令。这首诗写阴历二月时夷陵春天将到未到的冷落景象，抒发了诗人贬官后苦闷的情绪。一、二句先抒情后写景，新颖有味。三、四句写出了春天脚步的不可阻挡，体物精工，寓意深刻，给人以鼓舞和希望。

**【注释】**

　　①天涯：泛指遥远的地方。　②山城：指夷陵，它四周群山环绕。　③残雪：冬天的积雪。橘：夷陵多橘树，性耐寒。　④冻雷：早春雷声，还带有寒意，所以称冻雷。惊笋：惊动地里的竹笋。竹笋也是夷陵的特产。　⑤归雁：飞回北方的大雁。　⑥病入新年：带病进入新的一年。物华：美丽的自然景色。⑦洛阳花下客：欧阳修贬官前曾在洛阳（今属河南）任职，洛阳的牡丹花名扬天下，他曾写过《洛阳牡丹记》。⑧野芳：野花。嗟：叹息。此处念 jiā（家）。

# 偶 成

程 颢

闲来无事不从容，睡觉东窗日已红①。
万物静观皆自得②，四时佳兴与人同③。
道通天地有形外④，思入风云变态中⑤。
富贵不淫贫贱乐⑥，男儿到此是豪雄。

**【题解】**

　　诗人闲适时静观宇宙万物，感悟自然道理，抒写坚守道德情怀的决心，认为男儿达到这样的境界，就称得上是英雄豪杰了。

**【注释】**

　　①睡觉：睡醒了。　②万物静观皆自得：仔细地观察宇宙万物，无不自由自在，顺应本性。　③四时佳兴与人同：一年四季美妙的风光景色，和人们的兴致是相同的。佳兴，美好的感兴。　④道通天地有形外：道体无所不在，贯通着天地内外。道，指能主宰一切的精神的东西。　⑤思入风云变态中：精神无所

不通，包孕着风云变幻。　⑥淫：惑乱。

# 游山西村

## 陆　游

莫笑农家腊酒浑①，丰年留客足鸡豚②。
山重水复疑无路，柳暗花明又一村③。
箫鼓追随春社近④，衣冠简朴古风存⑤。
从今若许闲乘月⑥，拄杖无时夜叩门⑦。

**【题解】**

　　山西村，指陆游家乡山阴（今浙江绍兴）镜湖的
三山村。这首诗生动地描绘了明媚的山村风光和淳朴
的风土人情，表现了诗人和村民之间真挚深厚的友谊。
三、四两句写诗人穿过山山水水，眼前豁然开朗，只
见山村人家，一派花柳交相辉映的美好景象，隐含着
生活的哲理，成为广为传诵的名句。

**【注释】**

　　①腊酒：头一年腊月酿的酒。浑：浑浊，这里指

酒未过滤。　②足鸡豚：可供作菜肴的禽畜非常充足。豚，小猪，泛指猪。　③柳暗花明：柳色深绿，显得暗淡；花色鲜艳，显得明亮。　④箫鼓：祭社时敲击的鼓。春社：古代风俗，立春后第五个戊日为春社日，在这一天祭祀土神和五谷神，祈求丰年。
⑤古风存：保留了古代淳朴的风尚。　⑥闲乘月：在月明的夜晚出门闲游。　⑦无时：随时。有不邀自来的意思。叩门：敲门。

# 书　愤

## 陆　游

早岁那知世事艰①，中原北望气如山②。
楼船夜雪瓜洲渡③，铁马秋风大散关④。
塞上长城空自许⑤，镜中衰鬓已先斑⑥。
出师一表真名世⑦，千载谁堪伯仲间⑧！

【题解】

　　书愤，作诗抒发愤慨的感情。这首诗抒写了诗人立志恢复中原的理想和不忘为国立功的愿望，也表达了壮志未酬、报国无门的悲愤心情。

**【注释】**

　　①早岁：早年，年轻时。　②气如山：收复失地的意志像大山一样坚定。　③楼船：高大的战船。瓜洲：即瓜洲镇，在今江苏扬州南，和镇江（今属江苏）隔江相望。　④大散关：在今陕西宝鸡西南大散岭上，是当时宋、金在西北的交界处。　⑤塞上长城：诗人自比是边塞上捍卫国家、防御敌人的长城。许：期待。　⑥衰鬓：衰谢的头发。斑：花白。⑦出师一表：指诸葛亮的《出师表》。名世：名传后世。⑧千载谁堪伯仲间：千百年来，谁可以跟坚持北伐的诸葛亮不相上下呢？堪，可以。伯仲，兄弟，这里指不相上下。

# 临安春雨初霁

### 陆　游

世味年来薄似纱①，谁令骑马客京华②？
小楼一夜听春雨，深巷明朝卖杏花。

矮纸斜行闲作草③，晴窗细乳戏分茶④。
素衣莫起风尘叹⑤，犹及清明可到家⑥。

**【题解】**

霁，雨后天晴。淳熙十三年（1186）春，陆游奉
命任严州（今浙江建德）知县，由山阴被召入京城临
安。这首诗是他在临安等候召见时写的。诗人厌倦污
浊的官场生活，用写字、品茶来消磨时光，思念家乡
自由自在的生活，充满落寞惆怅的情调。三、四句写
诗人寄居小楼，一夜听着春雨沙沙，料想杏花盛开，
第二天清早，大街小巷一定到处响着叫卖杏花的声音。
写出临安春雨初晴的风光习俗，清新流畅。

**【注释】**

①世味：对人情世态的兴味，这里指官场生活。
②客：作客，出门在外。京华：京城，这里指临安。
③矮纸：短幅纸。斜行：草书的笔势。　④细乳：茶
中精品，宋代北苑茶有白乳头、石乳、滴乳等品。分
茶：沏茶的一种技艺。　⑤素衣：洁白的衣服，比喻
高洁的人格。风尘：比喻官场的污浊。　⑥犹及：还

赶得上。

# 过零丁洋

文天祥

辛苦遭逢起一经[①]，干戈寥落四周星[②]。
山河破碎风飘絮，身世浮沉雨打萍。
惶恐滩头说惶恐[③]，零丁洋里叹零丁[④]。
人生自古谁无死，留取丹心照汗青[⑤]。

**【作者简介】**

文天祥（1236—1283），宋代诗人。其晚年诗歌充满爱国感情和民族气节。

**【题解】**

零丁洋，也作伶仃洋，在广东珠江口外。南宋末年，文天祥兵败，被元朝军队俘虏，押往崖山（今广东新会南海中）。元军逼迫他劝降宋军守将，他出示这首诗，表示宁死不屈的决心和大义凛然的精神。最后两句千百年来成为人们为正义事业献身的豪言壮语。

**【注释】**

　　①遭逢：遭遇（朝廷的选拔）。起一经：因为通晓一种经书而做官，指科举考试及第。　　②干戈：盾与戟，代指战争。寥落：空旷冷落。四周星：指诗人起兵勤王到兵败被俘的四年时间。星，即木星，运行一宫为一年，约十二年运行一周天（十二宫），古人称"岁星"，用来纪年。　　③惶恐滩：赣江十八滩之一，在今江西万安境内。诗人曾因兵败经过这里。说惶恐：念念不忘"诚惶诚恐"，表示为国兢兢业业，谨慎小心。　　④零丁：孤单，指孤身陷敌。　　⑤留取：保存。汗青：古代记事用竹简，先用火烤干青竹片的水分，叫杀青，所以竹简也称汗青。这里专指史册。

# 赴戍登程口占示家人

### 林则徐

力微任重久神疲①，再竭衰庸定不支②。
苟利国家生死以③，岂因祸福避趋之。
谪居正是君恩厚，养拙刚于戍卒宜④。
戏与山妻谈故事⑤，试吟断送老头皮⑥。

**【作者简介】**

林则徐（1785—1850），清末政治家、诗人。他的诗多表现爱国激情和忧愤时局，风格苍劲雄豪。

**【题解】**

戍，军队驻防的地方。口占，随口吟诵写成的诗。示，给人看。道光二十二年（1842），林则徐因禁毁鸦片烟，被朝廷革职，充军新疆伊犁。在西安启程时，他写了两首诗告别家人，这是第二首。诗人对无辜被贬谪并不伤感悲哀，表示决不计较个人得失，为了国家利益，个人生死在所不惜，显示出崇高的精神境界。三、四两句成为诗人的座右铭，常常对人吟诵。

**【注释】**

①神疲：精神疲倦。　②衰庸：衰弱的身体和平庸的才能。　③苟：只要。生死以：拿生死去付与，献出生命。　④养拙：即守拙，安于笨拙。　⑤山妻：谦称自己的妻子。故事：指宋代杨朴妻子作诗的故事。　⑥断送老头皮：宋真宗时隐士杨朴的妻子擅长作诗。有两句诗说："今日捉将官里去，这回断送老

头皮。"这里是劝自己的妻子学杨朴妻作诗的幽默风
度,对贬谪不必伤感。"老头皮"指老头子。

# 黄海舟中日人索句并见日俄战争地图

### 秋 瑾

万里乘风去复来<sup>①</sup>,只身东海挟春雷<sup>②</sup>。
忍看图画移颜色<sup>③</sup>,肯使江山付劫灰<sup>④</sup>!
浊酒不销忧国泪,救时应仗出群才<sup>⑤</sup>。
拼将十万头颅血<sup>⑥</sup>,须把乾坤力挽回<sup>⑦</sup>。

**【作者简介】**

秋瑾(1875—1907),清末民主革命烈士、女诗人。
她的诗多慷慨悲歌,充满英雄气概。

**【题解】**

索句,请人作诗相赠。日俄战争,指光绪三十年
(1904)日本和沙俄为重新瓜分中国东北和朝鲜而进行
的战争,以中国东北三省作为战场。1905年,诗人从
日本回国途中,见到日俄战争地图,心有所感,应日

本朋友之请，写下这首诗。诗人愤慨祖国山河任人瓜分，抒发保家卫国的豪情壮志，英风豪气，扑面而来。

**【注释】**

①万里乘风：形容志向远大。乘风，即乘风而行。去复来：诗人在 1904 年初夏第一次到日本留学，同年冬回国，这是第二次赴日归来。　②挟：持，怀有。春雷：春天的雷声使万物萌动，比喻豪情壮志。

③忍看：怎么忍心看到。图画移颜色：地图改变颜色。

④劫灰：佛教说是天火焚烧后的余灰，代指灰烬。

⑤救时：挽救危亡时局。出群才：出类拔萃的人才。

⑥拼将：豁上。　⑦乾坤：天地，世界。这里指祖国山河。

# 五言古诗

## 江 南

汉乐府

江南可采莲，
莲叶何田田①。
鱼戏莲叶间，
鱼戏莲叶东，
鱼戏莲叶西，
鱼戏莲叶南，
鱼戏莲叶北。

**【题解】**

　　本篇是汉代乐府民歌，描写江南水乡采莲时的快乐景象。采莲女子撑着一叶小船儿，在茂密的莲叶间采摘莲蓬，小鱼儿戏弄着莲叶，一会儿在东面，一会儿在西面，一会儿在南面，一会儿在北面。

**【注释】**

①田田：荷叶浮在水面相连成片的样子。

# 长歌行

汉乐府

青青园中葵①，朝露待日晞②。
阳春布德泽③，万物生光辉。
常恐秋节至，焜黄华叶衰④。
百川东到海，何时复西归⑤？
少壮不努力，老大徒伤悲。

**【题解】**

长歌行，汉代乐府曲调名。自然万物的生长都有一定的时辰，光阴一去不复返，人也一样，应该珍惜生命，及早努力，不要等到老来空自悲伤。

**【注释】**

①葵：一种菜名。　②晞：干。　③阳春：温和的春天。布：布施。德泽：恩泽。　④焜黄：花叶

衰败枯黄的样子。华叶：花叶。　⑤百川东到海，何时复西归：泛指所有的河水总是向东流入大海，而不会西流，比喻光阴如同流水，也是一去不复返的。

# 赠从弟其二

## 刘　桢

亭亭山上松<sup>①</sup>，瑟瑟谷中风<sup>②</sup>。
风声一何盛<sup>③</sup>，松枝一何劲。
冰霜正惨凄，终岁常端正。
岂不罹凝寒<sup>④</sup>，松柏有本性<sup>⑤</sup>。

**【作者简介】**

刘桢（?—217），汉末诗人。"建安七子"之一。以五言诗著称，诗风遒劲。

**【题解】**

《赠从弟》一共三首，这是第二首。诗人用挺立在山顶上不怕冰雪严寒的松树作比喻，勉励他的堂弟要像松柏一样，做一个正直而又坚定的人。

**【注释】**

①亭亭：高耸的样子。 ②瑟瑟：风声。 ③一何：多么。 ④罹：遭受。凝寒：严寒。 ⑤本性：指松柏具有坚定的性质。诗人这里是说人也应该有这样坚贞的操守，不要为艰苦的环境所改变。

# 野田黄雀行

### 曹 植

高树多悲风，海水扬其波①。
利剑不在掌②，结交何须多。
不见篱间雀，见鹞自投罗③？
罗家见雀喜④，少年见雀悲。
拔剑捎罗网⑤，黄雀得飞飞。
飞飞摩苍天⑥，来下谢少年⑦。

**【作者简介】**

曹植（192—232），三国时魏国诗人。曹操第四子。诗流传约八十首，大都词采华丽，语言精练，情感热烈，慷慨动人。

**【题解】**

　　曹植在他的哥哥曹丕做了皇帝以后，一直遭受猜忌、迫害，他的好朋友也不能幸免。这首诗以少年削开罗网放走黄雀作比喻，表达他解救朋友的心愿。

**【注释】**

　　①高树多悲风，海水扬其波：形容自己所处的环境凶险。　②利剑：比喻权势。　③鹞：雀鹰。　④罗家：张罗捕雀的人。　⑤捎：削除。　⑥摩苍天：上接苍天，形容飞得极高。　⑦来下谢少年：黄雀钻进了罗网，当然是死路一条，幸好遇到少年拔剑削开了罗网而得救，所以它飞入天空后，又飞下来感谢这个少年。

# 归园田居其三

### 陶渊明

种豆南山下①，草盛豆苗稀。
晨兴理荒秽②，带月荷锄归③。
道狭草木长④，夕露沾我衣。
衣沾不足惜，但使愿无违⑤。

## 【作者简介】

陶渊明（365—427），东晋诗人。人品高尚，诗风平淡自然。他的田园诗对后人影响很大。

## 【题解】

《归园田居》一共五首，大概写于陶渊明辞官归田的第二年，这是第三首。诗人亲自到田间劳动，天不亮就下地，月亮出来了才回家。虽然杂草比豆苗还多，但他仍然很高兴，因为自己的愿望实现了。

## 【注释】

①南山：庐山。　②兴：起。理：整治。秽：杂草。　③荷：肩扛。　④狭：窄。草木长：草木丛生。　⑤愿无违：不违背自己的志愿。

# 宿五松山下荀媪家

李 白

我宿五松下，寂寥无所欢①。
田家秋作苦，邻女夜舂寒②。

跪进雕胡饭③，月光明素盘。
令人惭漂母④，三谢不能餐。

【题解】

　　这首诗是李白夜宿五松山下（今安徽铜陵附近）一户姓荀的老婆婆家时所写。媪，老婆婆。诗人借宿的地方很穷，种田的人很辛劳地忙着秋收，深夜里还听得到邻家女子捣米的声音。李白吃着荀媪送来的饭，心里很难过，吃不下去。李白一生傲对王侯，但却这样真诚地感谢一位普通老婆婆的帮助，更可见他高尚的品格。

【注释】

　　①寂寥：孤独冷清。　②舂：捣米。　③雕胡饭：即菰米饭。菰米是茭白的果实，可以食用。　④漂母：水中漂絮的妇人。秦末，韩信曾吃过漂母送给他的饭，很感激。后来韩信做了楚王，专门去报答了那位帮助过他的人。李白这里以漂母比荀媪。

# 望 岳

杜 甫

岱宗夫如何①，齐鲁青未了②。
造化钟神秀，阴阳割昏晓③。
荡胸生层云，决眦入归鸟④。
会当凌绝顶⑤，一览众山小⑥。

【题解】

　　岳，高大的山。我国有东、西、南、北、中五岳，
这里指东岳泰山，在今山东泰安北。杜甫远望泰山，
热烈赞颂泰山雄伟神奇的气象，表现出他的蓬勃朝气
和远大抱负。全诗激情充沛，构思新警，取景宏阔，
造语挺拔，是咏泰山的绝唱。

【注释】

　　①岱宗：五岳之首，是对泰山的尊称。夫：语气
词。　②齐鲁：春秋时两个国名，这里泛指今山东一
带。未了：不尽。　③造化钟神秀，阴阳割昏晓：造
物主将一切神奇秀丽聚集起来，赋予泰山；山北山南

分割出黑夜和白天。钟，聚集。阴阳，山南为阳，山北为阴。　④荡胸生层云，决眦入归鸟：山间云气重叠弥漫，使我心胸激荡；我睁大眼睛远望，只见暮色苍茫，归巢的鸟儿翻飞。决眦，极力张大眼睛，眼眶都要睁裂了。　⑤会当：定要。凌：登上。绝顶：山的最高处。　⑥一览众山小：俯看群山像小丘一样伏在脚下。这句化用《孟子·尽心上》"孔子登东山而小鲁，登泰山而小天下"。

# 游子吟

孟 郊

慈母手中线，游子身上衣。
临行密密缝，意恐迟迟归①。
谁言寸草心，报得三春晖②！

【作者简介】

孟郊（751—814），唐代诗人。他的诗以五言古体最好，长于写愁困悲苦的生活。

**【题解】**

　　孟郊的父亲死得很早，他的母亲含辛茹苦地将三个儿子养大。孟郊成年后一直远游在外，直到他五十岁时，才在溧阳（今属江苏）做一个小官，将母亲接到身边赡养。这首诗就是这个时候写的，表达了诗人对慈母非常深厚的感激之情，因此赢得了天下所有游子的共鸣。游子，指离家远游的人。

**【注释】**

　　①临行密密缝，意恐迟迟归：儿子要出远门了，母亲一针一线仔细地为他缝衣服。密密的线脚，寄托了母亲那么多爱抚和担心。母亲担心儿子回来得迟，所以密密地缝，衣服可以穿得长久一些；儿子体会母亲的爱心，希望能够早一些归家。　②谁言寸草心，报得三春晖：诗人把自己比作春天的小草，把母爱比作春天的阳光，小草无论如何也不能报答阳光哺育的恩情。

# 七言古诗

## 敕勒歌
### 北朝民歌

敕勒川，
阴山下①。
天似穹庐，
笼盖四野②。
天苍苍③，野茫茫，
风吹草低见牛羊④。

**【题解】**

　　本诗原是民歌，因北齐人斛律金所唱而著名。敕勒川，因敕勒部族居住得名。敕勒，种族名，是匈奴族的后裔，北齐时居住在朔州（今山西北部）一带。川，即平原。在阴山脚下的敕勒平原，一望无际，草儿肥美丰茂，野风吹过，起伏的草丛里露出了正在吃草的牛羊。

**【注释】**

①阴山：山名，大部在今内蒙古境内。 ②天似穹庐，笼盖四野：广阔无边的平原，显得天也低了；远处天与地相接，就像牧人所住的圆顶帐幕笼盖着四野。 ③苍苍：青色。 ④见：同"现"。

# 春江花月夜

张若虚

春江潮水连海平①，海上明月共潮生。
滟滟随波千万里②，何处春江无月明。
江流宛转绕芳甸③，月照花林皆似霰④。
空里流霜不觉飞⑤，汀上白沙看不见⑥。
江天一色无纤尘，皎皎空中孤月轮。
江畔何人初见月？江月何年初照人？
人生代代无穷已，江月年年只相似。
不知江月照何人，但见长江送流水。
白云一片去悠悠，青枫浦上不胜愁。
谁家今夜扁舟子⑦，何处相思明月楼？
可怜楼上月徘徊，应照离人妆镜台。

玉户帘中卷不去⑧，捣衣砧上拂还来⑨。
此时相望不相闻，愿逐月华流照君⑩。
鸿雁长飞光不度，鱼龙潜跃水成文⑪。
昨夜闲潭梦落花⑫，可怜春半不还家。
江水流春去欲尽，江潭落月复西斜。
斜月沉沉藏海雾，碣石潇湘无限路⑬。
不知乘月几人归，落月摇情满江树。

**【作者简介】**

张若虚（生卒年不详），初唐诗人。今仅存诗两
首。

**【题解】**

《春江花月夜》是南朝乐府旧题，张若虚却写出了
新意。一个春天的夜晚，长江在月光下滚滚东流，江
边是花林，江上有明月。诗人因而感悟到人生虽然短
暂，但大自然美丽的事物却是永恒的。读者也从诗中
体会到要珍惜现有的一切，珍惜生命、友谊和爱情。

**【注释】**

①海：指广阔的江面。　②滟滟：波光闪动的样子。　③芳甸：遍生花草的郊野。　④霰：小雪珠。⑤空里流霜：空中流动的月色。　⑥汀：河滩。⑦扁舟：孤舟，小船。　⑧玉户：女子居住的闺房。⑨砧：捶衣服的石板。　⑩月华：月光。　⑪鱼龙：即指鱼，龙因鱼连类而及。鸿雁和鱼，有传递书信的意思。　⑫潭：深水池。　⑬碣石：山名，在今河北昌黎。潇湘：二水名，均在今湖南。这里用一北一南两处地方，表示离人相隔很远。

# 行路难其一

#### 李　白

金樽清酒斗十千①，玉盘珍羞直万钱②。
停杯投箸不能食③，拔剑四顾心茫然。
欲渡黄河冰塞川，将登太行雪满山。
闲来垂钓碧溪上，忽复乘舟梦日边④。
行路难！行路难！多歧路⑤，今安在？
长风破浪会有时，直挂云帆济沧海⑥。

**【题解】**

　　《行路难》是乐府旧题。此诗原有三首，这是第一首，是唐玄宗天宝三年（744）李白离开长安时所写。李白有抱负，有才能，却得不到重用，因而他在诗里感叹人生艰难。诗的结尾却又很乐观地说，自己总有一天能够实现抱负。

**【注释】**

　　①金樽：金制的酒杯。斗十千：一斗酒值十千钱，价钱很昂贵。　　②珍羞：珍贵的菜肴。羞，同"馐"。直：同"值"。　　③箸：筷子。　　④闲来垂钓碧溪上，忽复乘舟梦日边：传说吕尚没有遇到周文王以前曾在溪边钓鱼；伊尹在见到商汤以前梦见乘着小船经过太阳和月亮的旁边，后来受到商汤的聘请。这里说明人的一生变幻难以料定。　　⑤歧路：岔路。⑥济：渡过。

# 茅屋为秋风所破歌

杜 甫

八月秋高风怒号，卷我屋上三重茅。
茅飞渡江洒江郊，高者挂罥长林梢①。
下者飘转沉塘坳②，南村群童欺我老无力，
忍能对面为盗贼，公然抱茅入竹去。
唇焦口燥呼不得，归来倚杖自叹息。
俄顷风定云墨色③，秋天漠漠向昏黑。
布衾多年冷似铁，娇儿恶卧踏里裂④。
床头屋漏无干处，雨脚如麻未断绝。
自经丧乱少睡眠⑤，长夜沾湿何由彻⑥！
安得广厦千万间，大庇天下寒士俱欢颜⑦，
风雨不动安如山。呜呼！
何时眼前突兀见此屋⑧，
吾庐独破受冻死亦足！

【题解】

　　此诗写于上元二年（761）八月。茅屋，即杜甫在成都近郊所造的浣花溪畔草堂。诗人辛辛苦苦建造的草屋被大风吹破，夜晚大雨漏进屋子，床前没有一处是干的。诗人一夜无眠，他想，何时能够有千千万万间宽广的房屋出现在眼前，让天下所有的穷士住进去，我的房屋就是破了，自己冻死也心甘。

**【注释】**

①罥：挂结。　②塘坳：低凹的小水坑。③俄顷：不久，一会儿。　④恶卧：小孩子睡相不好，胡蹬乱踢。　⑤丧乱：指安禄山、史思明的叛乱。　⑥何由彻：怎样才能挨到天亮啊！　⑦庇：覆盖，遮蔽。　⑧突兀：高耸的样子。

# 白雪歌送武判官归京

### 岑 参

北风卷地白草折①，胡天八月即飞雪②。
忽如一夜春风来，千树万树梨花开。
散入珠帘湿罗幕，狐裘不暖锦衾薄③。
将军角弓不得控④，都护铁衣冷难著。
瀚海阑干百丈冰⑤，愁云惨淡万里凝。

中军置酒饮归客⑥，胡琴琵琶与羌笛。
纷纷暮雪下辕门，风掣红旗冻不翻⑦。
轮台东门送君去，去时雪满天山路。
山回路转不见君，雪上空留马行处。

**【作者简介】**

　　岑参（715—770），唐代诗人。早年诗风绮靡，后到边陲军幕，风格大变，所作边塞诗以雄浑著称。他以写山水的手法描写边塞风光，用笔变化无端，设色奇丽，准确传达出他对边地风光的惊异感受。

**【题解】**

　　此诗是岑参送人回京所作。诗人当时任安西、北庭节度判官，军府驻扎在轮台（今新疆境内）。武判官，名字不详，当是岑参的同事。八月的塞外，冰雪连天，诗人和主帅一起在欢宴之后送武判官到军营大门之外，看着他渐渐消失在漫天飞雪中，白白的雪上留下一长串马蹄印迹。

**【注释】**

①白草：我国西北地区所产牧草，特别坚韧。
②胡天：西域的气候。　③狐裘：狐皮袍子。
④角弓：以兽角装饰的硬弓。不得控：手冻僵了，拉
不开弓。　⑤瀚海：沙漠。　⑥中军：原指主帅率
领的部队，这里指主帅营帐。　⑦掣：扯动。

# 琵琶行

白居易

浔阳江头夜送客，枫叶荻花秋瑟瑟①。
主人下马客在船，举酒欲饮无管弦。
醉不成欢惨将别，别时茫茫江浸月。
忽闻水上琵琶声，主人忘归客不发。
寻声暗问弹者谁？琵琶声停欲语迟。
移船相近邀相见，添酒回灯重开宴②。
千呼万唤始出来，犹抱琵琶半遮面。
转轴拨弦三两声③，未成曲调先有情。
弦弦掩抑声声思④，似诉平生不得意。
低眉信手续续弹⑤，说尽心中无限事。

轻拢慢捻抹复挑⑥，初为霓裳后绿腰⑦。

大弦嘈嘈如急雨⑧，小弦切切如私语⑨。

嘈嘈切切错杂弹⑩，大珠小珠落玉盘。

间关莺语花底滑⑪，幽咽泉流冰下难。

冰泉冷涩弦凝绝，凝绝不通声暂歇⑫。

别有幽愁暗恨生，此时无声胜有声。

银瓶乍破水浆迸，铁骑突出刀枪鸣⑬。

曲终收拨当心画，四弦一声如裂帛⑭。

东船西舫悄无言，惟见江心秋月白。

沉吟放拨插弦中，整顿衣裳起敛容。

自言本是京城女，家在虾蟆陵下住⑮。

十三学得琵琶成，名属教坊第一部⑯。

曲罢曾教善才伏，妆成每被秋娘妒⑰。

五陵年少争缠头，一曲红绡不知数⑱。

钿头云篦击节碎，血色罗裙翻酒污⑲。

今年欢笑复明年，秋月春风等闲度。

弟走从军阿姨死，暮去朝来颜色故。

门前冷落车马稀，老大嫁作商人妇。

商人重利轻别离，前月浮梁买茶去⑳。

去来江口守空船，绕船月明江水寒。

夜深忽梦少年事，梦啼妆泪红阑干。
我闻琵琶已叹息，又闻此语重唧唧㉑。
同是天涯沦落人，相逢何必曾相识！
我从去年辞帝京，谪居卧病浔阳城㉒。
浔阳地僻无音乐，终岁不闻丝竹声。
住近湓江地低湿，黄芦苦竹绕宅生。
其间旦暮闻何物，杜鹃啼血猿哀鸣。
春江花朝秋月夜，往往取酒还独倾。
岂无山歌与村笛？呕哑嘲哳难为听㉓。
今夜闻君琵琶语，如听仙乐耳暂明。
莫辞更坐弹一曲，为君翻作琵琶行㉔。
感我此言良久立，却坐促弦弦转急㉕。
凄凄不似向前声，满座重闻皆掩泣。
座中泣下谁最多，江州司马青衫湿㉖。

**【题解】**

　　这是诗人任江州司马时所写。诗前原有小序，说明写这首诗的缘由。行，古代诗歌的一种体裁。白居易在唐宪宗元和十年（815）因事得罪朝廷，被贬为江州（今江西九江）司马（州刺史的副职）。第二年，诗人在秋江月夜里听了一个流落天涯的琵琶女演奏后，因琵琶女的身世触发了对自己遭遇的感慨。诗歌结尾，他为自己和琵琶女具有相同的遭遇而流下了热泪。

**【注释】**

①瑟瑟：风吹草木声。　②回灯：重新点灯。③转轴拨弦三两声：将琴轴调转几下，拨拨琴弦，试试琴音。　④掩抑：指声调幽咽。　⑤信手：很自然地随手而弹。续续：连续。　⑥轻拢慢捻抹复挑：拢、捻、抹、挑都是弹琵琶的指法。　⑦霓裳、绿腰：都是乐曲名。　⑧大弦：最粗的弦。　⑨小弦：最细的弦。　⑩嘈嘈：形容声音沉重舒长。切切：形容声音急促细碎。　⑪间关：鸟声。滑：鸟鸣宛转。　⑫冰泉冷涩弦凝绝，凝绝不通声暂歇：琵琶声由低音而高音，越来越凝滞，最后音声完全断绝，就像冰下的水越流越涩，最终流不动一样。⑬银瓶乍破水浆迸，铁骑突出刀枪鸣：形容音乐沉寂以后，忽然又发出高昂激越的声音。　⑭拨：弹弦的工具。当心画：用拨在琵琶槽的中心用力一划。画，同"划"。裂帛：形容声音像布帛撕裂一样响脆。

⑮虾蟆陵：在长安（今陕西西安）城东南曲江的附近，是当时歌女聚居的地方。　⑯教坊：唐时官内掌管歌唱舞蹈的机构。　⑰善才：唐时称琵琶师为善才。秋娘：当时长安的著名乐伎。　⑱五陵：汉代帝王的五座陵墓，那里住有很多出身富豪的轻浮少年。缠头：当时风俗，歌舞伎演奏完了以后，观者多赠送绫帛之类作为彩礼，叫做"缠头彩"。绡：一种精细轻薄的丝织品，可以用作缠头。　⑲钿头云篦：两头镶有金玉和珠宝的发篦。击节：打拍子。血色：鲜红色。　⑳浮梁：古县名，在今江西。　㉑重：更加。唧唧：叹息声。　㉒谪：古时指官员遭到降职或流放。　㉓呕哑嘲哳：形容声音杂乱刺耳。　㉔翻：指按曲调写成歌辞。　㉕却坐：再坐，重新入座。促弦：紧弦，将音调定得更高些。　㉖青衫：青是唐朝品级最低官员的服色。白居易当时的职位是江州司马，他的官阶是将仕郎，从九品，穿青衫。

# 渔 翁

柳宗元

渔翁夜傍西岩宿<sup>①</sup>，晓汲清湘燃楚竹<sup>②</sup>。
烟销日出不见人，欸乃一声山水绿<sup>③</sup>。
回看天际下中流，岩上无心云相逐<sup>④</sup>。

**【题解】**

此诗是诗人在永州（今属湖南）时所写。诗中所写的渔翁，其实是诗人借来写自己高洁的情操。渔翁夜晚傍着青山住宿，早晨用楚竹烧煮湘水，等到清清的炊烟和薄薄的晓雾消散以后，早已看不见人了。随着一声悠扬的渔歌，渔翁荡着小船在青山绿水中过了中流，再回头看那远远抛在身后的山岩，只有白云随意飘浮，自由舒卷。

**【注释】**

①西岩：即西山。　②清湘：清澄的湘水。燃楚竹：采来楚竹烧水。　③欸乃：渔歌。唐时民间有渔歌名《欸乃曲》。　④岩上无心云相逐：山岩上舒卷

飘浮的白云完全出于自然，这里暗指自己的心境。这句诗化用了晋代诗人陶渊明《归去来兮辞》中"云无心以出岫"句。

# 后　记

　　本书原为 1999 年应中华书局编辑之约而编写的。袁行霈（北京大学）担任主编，负责选目，确定体例，统改全部书稿。注释工作由陶文鹏（中国社会科学院）、郭英德（北京师范大学）、岳庆平（北京大学）、傅刚（北京大学）及主编共同担任。此次重订再版，归入"中华传统诗词经典"丛书当中。编撰人员分工如下：

　　五绝（唐代部分）：袁行霈

　　五绝（宋代以后）：傅刚

　　七绝（唐代部分）：陶文鹏

　　七绝（宋代部分）：岳庆平

　　七绝（元代以后）：郭英德

　　五律：陶文鹏

七律：郭英德

五古、七古：傅刚

此外，岳庆平和傅刚还帮助主编做了一些前期的准备工作。

2013 年 10 月重订再版。

编者